十二公民

12 CITIZENS

李玉娇　徐昂　韩景龙　著

清华大学出版社
北京

图书在版编目(CIP)数据

十二公民 / 李玉娇,徐昂,韩景龙著 . — 北京:清华大学出版社,
2014(2022.3 重印)
ISBN 978-7-302-37508-1

Ⅰ.①十… Ⅱ.①李… ②徐… ③韩… Ⅲ.①电影文学
剧本 – 中国 – 当代 Ⅳ.① I235.1

中国版本图书馆 CIP 数据核字(2014)第 171391 号

责任编辑:纪海虹 王如月
封面设计:郭宏观
责任校对:王荣静
责任印制:王静怡

出版发行:清华大学出版社
　　　　　网　　　址:http://www.tup.com.cn,http://www.wqbook.com
　　　　　地　　　址:北京清华大学学研大厦 A 座　　　邮　　编:100084
　　　　　社 总 机:010-62770175　　　　　　　　　邮　　购:010-62786544
　　　　　投稿与读者服务:010-62776969,c-service@tup.tsinghua.edu.cn
　　　　　质 量 反 馈:010-62772015,zhiliang@tup.tsinghua.edu.cn
印 装 者:小森印刷(北京)有限公司
经　　销:全国新华书店
开　　本:170mm×230mm　　印　张:16.5　插　页:1　字　数:229 千字
版　　次:2015 年 1 月第 1 版　　印　次:2022 年 3 月第 2 次印刷
定　　价:99.00 元

产品编号:059033–02

12 CITIZENS

12 CITIZENS

探索、追问与普法教育（序）

辽宁省人民检察院原党组副书记、副检察长
辽宁省检察官文学艺术联合会主席　　闫建成

习近平总书记在全国政法工作电视电话会议上指出："努力让人民群众在每一个司法案件中都能感受到公平正义。"这是我们司法工作者的工作方向和责任。根据美国经典电影《十二怒汉》精心改编而成的《十二公民》，以喜闻乐见的形式，起到了普法、解惑的作用，将这部电影的创作手记和完整剧本出版，更为提高公民的法律意识和参与热情，提高公民守法护法的积极性起到了积极的作用。

近年来，我国的司法改革取得了长足进步，法治理念不断深入人心，人民群众对法律的实施都极为关注。他们希望每一个人在法律面前都能得到公平的对待。然而不可否认的是，在现实生活中，有时会出现司法机关对案件的处理与普通群众的愿望发生偏差的情况，群众心中最朴素的正义观在一些案件中受到了不同程度的影响。由于他们可能对法律的了解不透彻，对案件信息只是片面掌握，因此对与自己预期不同的结果会产生困惑、不满、怀疑，甚至愤怒。我们的法律工作者除了公正执法，还有为普通群众普法、解惑的责任。《十二公民》以坚定的理想信念，张扬正义与公平，应该说，我们的主创人员以较高的法律素质和艺术水平出色地完成了这个任务。

《十二公民》试图去探索一种方式，让司法机关能够与普通群众进行平等、顺畅的对话，让群众了解司法体制，让群众明白法治的精神要怎样在日常的工作中体现，同时，也打破由于片面信息所产生的预设偏见，跨越不同人生背景的壁垒，让普通人之间释放出更多的善意。检察官陆刚的质疑与坚守、追问与耐心，充分体现了检察官的核心价值观是"忠诚、为民、公正、廉洁"，公正是架起普通群众与检察官之间联系的最佳桥梁。

电影《十二公民》开拓了电影叙事的空间，一场模拟审判，就是一场有灵魂到场的精神活动，在建构情节的基础上，对历史、法律、公平、正义进行了探索与追问，继而进行可能性的救赎，从而达到了对人生命尊严的终极价值的美学化思考。可以说，这部剧作为电影剧本创作，提供了一种新的书写范式。一个群体可以从各持己见到达成共识，逐步接近客观真相，这是公平与正义的胜利，也是法律的胜利。影片的节奏安排得也很巧妙，在十分有限的长度里，把十二个人的性格、出身、脾性、态度、立场……所有信息有效地传达给观众，生动地刻画出了每一个人心理改变的过程。一个又一个看似确凿的证据被推翻，一个又一个原本认定嫌疑人有罪的人对自己先前的判断产生了怀疑，每个人的心里，对良知，对一个未知的生命，对自己的责任也越来越明确与坚定。这是检察官陆刚不懈努力的结果，也是我们的编剧努力的结果。

可以说，对《十二怒汉》的改编是成功的，《十二公民》是具有中国特色的，无论从普法的角度，还是电影与文学的角度，都可以说是一部成功的力作。该剧保留了原著"大胆假设，小心求证"的精神内核，大胆运用中国元素，剧情贴近本土，运用法律系学生模拟审判的形式，举重若轻地突破了司法程序上的束缚，解决了东、西方文化和价值观方面的差异，巧妙地运用电影这种通俗易懂又极具文化深意的艺术形式，向广大观众传达了我国法治的不断进步和司法机关为了实现公平、正义所做出的实实在在的努力，体现了法治、公平与正义的创作理念。该剧用普通群众都喜闻乐见的形式来为大家讲解法律、传递法治精神，为深化司法体制改革、倡导司法公开做出了有益的尝试。该剧既是一部故事精彩、情节紧张、十分好看的类型片，也是一部意义深远、艺术上大胆探索、从细微处向老百姓讲解法律精神的优秀作品。

电影《十二公民》为每一个参与模拟审判的公民提供了这样一个平台，他们可以质疑，可以辩护，每一个参与者都成为法律的守护神。这部电影拉近了民众与法律的距离，给人提供了方向和价值。广大观众和读者将会同参与模拟审判的十二位普通群众一样，对自己的公民职责和公平与正义有更深刻的理解。电影《十二公民》给人以感官的直接的感受，这部书的出版，则给人提供了阅读形式创新和深层次思考的机会，也对这类题材的文艺创作起到了一定的引领作用，这就是出版本书的意义所在吧!

每个公民的法律信心与法律角色（自序）

中国作家协会会员

辽宁省人民检察院办公室主任　李玉娇

辽宁省检察官文学艺术联合会副秘书长

　　《十二公民》改编自美国经典电影《十二怒汉》，这部曾经荣获包括奥斯卡、戛纳等多个国际电影大奖的经典之作，在经历了全球多个国家、多个语言的版本改编之后，首次被改编成中国版搬上大银幕。现在，创作手记和完整剧本又要以图书的形式和读者见面，作为该剧的编剧和策划，我在这里谈一谈自己的感想和创作初衷，也算是对这本书的一个粗浅介绍。

　　在我国，普通群众对法律的情感链接并不坚韧，如何用普通群众喜闻乐见的形式来为大家讲解法律、传递法治精神，一直是我思考的课题。电影《十二公民》基本的故事定位是通过讲述一个案件，诠释我国《刑事诉讼法》在二〇一二年修改后更为成熟的司法程序以及对民权的保障。通过男主人公年轻的检察官陆刚，向广大观众传达我国法治的不断进步和司法机关为了实现公平、正义所做出的实实在在的努力与付出。影片除了必要的娱乐，也尽可能地带给观众"合理怀疑""疑罪从无"等更多的法治理念和法律知识。

从文艺创作的角度讲，创作这部作品也是在激发人们介入法律生活的激情和勇气，摒弃仅局限于个人生活的浅薄和无聊方面所进行的一种探索与尝试。

　　一九五七年版的《十二怒汉》探讨的是美国陪审员制度和法律正义，二〇〇七年俄罗斯版《十二怒汉·大审判》在追求法律正义的同时也意在抚慰民族伤痕。二〇一四年中国版《十二怒汉》——《十二公民》，就是要通过这样一个故事，用公平与正义来增强人们对法制建设的信心。面对中国不同于西方的法律体系，《十二怒汉》将在中国如何呈现，显然是我们创作中的一个难题，我们保留了原著"大胆假设，小心求证"的精神内核，在法治、公平与正义越来越突出地成为当下中国重要议题的社会背景下，力图让具有广泛代表性的十二个普通人，来参与一场虚拟的法庭审判，借由《十二公民》这部电影拉近民众与法律的距离。

　　改编不是照搬，而是再创作，原作是真实的法庭，而我们则大胆设置了一场虚拟的法庭审判、十二位素不相识的普通民众、一件社会关注的命案和一间不变的空旷教室，一桩满带争议与疑问的"富二代"弑父案，将一个正处于困惑中的年轻检察官陆刚与十一个毫无联系，代表着社会各阶层的普通人聚在了一起。他们以一种前所未有的方式探讨案情。他们以前素不相识，以后可能也没有什么打交道的机会，为了一桩杀人案，他们坐在了一起，组成了一个名叫"陪审团"的组织，要决定另外一个人的命运，决定他是有罪还是无罪，是活着还是死亡。他们本来不懂法律，他们来自不同的家庭和社会背景，从事不同的职业，有自身更关心的利益，有不同的人生经验，有自己的偏好和性格，他们将如何面对这场审判呢？被告是一名年仅二十岁的男子，被控在午夜杀害了自己的父亲，法庭上提供的证据极具说服力。十二名陪审员中，已经有十一名陪审员裁定疑犯有罪，只有陆刚坚持己见提出异议，他以事实为根据，以法律为准绳，并凭着耐心与毅力逐一说服其他人推翻原先的裁定，从而最终认定被告无罪。模拟陪审团的辩论是一个十分艰难而又复杂的过程，是一起以法律和事实说服公共舆论的生动案例。代表正义的陆刚做出了自己不懈的努力。同时，这又是一场严肃的拷问，审判别人的同时也在审判自己。论辩的紧张、交锋的激烈，恰好说明他们在郑重其事地担当着维护法律公正的角色，他们虽然以前各有其事，但现在不再为了自己的事而随大流；他们开始认真对待而不是应付差事；他们需要说服别人和被别人所说服，而不是草率做出决定……这就是我们每个公民需要担当的法律角色。

电影深刻地告诉我们：判定一个人是否有罪，不能仅凭感情，不能屈服于社会舆论的压力，而必须有确凿的证据，任何时候都不能被社会舆论绑架。当没有充分证据证明一个人有罪时，就应当"疑罪从无"。这是依法保护公民权益的有效措施。

俄罗斯诗人涅克拉索夫说："你不一定成为诗人，但你必须是一个公民。"如果说，关心法律是现代社会公民的一种素质，那么，充满法律激情就是一种文明的标志；如果说，逃避法律意味着放弃权利和尊严，那么，"法律冷漠症"就是一种令人担忧的精神异化，是必须治疗的人格病变。《十二公民》具有很强的娱乐性和教育性，作为编剧和策划，我强力向大家推荐这部作品，愿大家在一场虚拟的陪审体验中获得精神愉悦，深化法治理念，增强对法律的信心。

十二公民
12 CITIZENS

目 CONTENTS 录

12 CITIZENS

上篇 主创手记

十二个中国人，十二亿声音！

徐昂导演，我们都知道您之前的话剧作品《喜剧的忧伤》是一部难度非常大的对手戏，而您这次的大银幕处女作又选择了难度更大的十二人群戏，这是您对自我的挑战，还是作为导演的野心？

这和我读书的经历是有关系的。我小时候特别爱看小说，大家在上语文课，我却在看小说。我有一阵子看了各式各样的小说，看到一定阶段后，又突然间不想再看了。好长时间，甚至一直到现在，我都很少再去看小说了。

到了上大学的时候，我开始看剧本。刚开始我很不习惯。剧本很枯燥，都是"你说"然后"他说"。那时候小，高中刚毕业升入大学，老师开的书目我总觉得离自己的生活特别远，很多都看不明白。但是到了第一个学期假期，当我开始比较认真地逼着自己要去看明白剧本里到底说的是什么的时候，我发现了几个问题：

第一，剧本如果不在脑海中进行演绎的话，是没办法看懂的；第二，即使你认得所有的字，剧本都看完了也有可能无法体会到剧本的真正内容。越是优秀的剧本越是这样；越是我们惯常意义上所说的那些大师，越不会轻易告诉我们他们想表达什么。所以，就需要自己去挖掘。但是这有一个前提，那就是需要读者先找到人物。说到这一点，就牵扯到我另外的读书经验了。

小的时候我家里有两柜书，大部分是俄罗斯作品。读俄国作品常常会遇到一个麻烦，那就是小说中人物的名字太难记了。不仅有姓有名，人物还经常有个昵称。这样一来，我就不得不去做一个书签，把所有的人物都列上去，并且把人物的小名、乳名、昵称都记在上面。但是这又会产生另外一个问题，那就是书签会做得很大，然后又是另一种繁复。于是我就尝试着把这些人物的名字变成我周围认识的人。刚开始几次做得并不是很顺利，因为你认识的人和作品中的人物可能是有差别的。不仅做起来会特别不像，而且很多时候自己会觉得特别好笑。这种好笑不是因为准确，而是由于身份错位。

我们家后院有一个跟我玩得挺好的小男孩，他是我长期的男主人公。但是不可能所有故事里的男主人公都是个小男孩，所以就常常需要一些变化。这时候有些人物就会变成我爸，有时候会变成我叔，有时候变成我的一位老师，或者有时候是我自己。但是变成我自己的几率不太大，因为往往变成自己之后，我反而就拿捏不准这个人物了。我不知道这个人物会是怎样一种状态，就像我不知道自己是什么样的一个人。

我开始把这种方法用到看剧本中，然后就发现看完剧本再读小说会觉得小说有点简单。因为小说没有提供给我寻找钥匙的过程，小说往往是在描述。换句话说，《红楼梦》如果是剧本的话会特别难读，因为你不知道这些人物是什么样的背景，他们的性格又是什么样的。但是作为小说，在写的时候就已经把人物描述得很清楚了。相当于你已经知道了，它是红色的，然后才说到，这是玫瑰花；

而不是只告诉你,这是一朵花,然后需要自己回过头去再想,这朵花是什么颜色的、它是什么科什么属的等问题。剧本是探索,小说是直白,所以后来我很爱看剧本。

人的大脑里,痛感神经和快感神经是紧邻的,离得非常近。在放电的时候,相邻的那个神经是会受到刺激的。这种从痛苦放电而收获快感的过程,让我养成了阅读上受虐的习惯。我希望得到一个让我思考并且可以在阅读中寻找人物的文本,这样我会觉得特别充实。我喜欢去找剧作家的内视。这导致我在剧本阅读的环境中发现"剧本"跟导演、编剧、设计师这些名称一样,是一个非常笼统的概念。剧本有很多类型。《等待戈多》是剧本,《霍乱时期的爱情》也是剧本,它们之间的差异如此之大,以至于我们很难判断剧本和剧本之间的共性是什么,几乎完全没有。这时我只能从剧作家入手,再附加上我阅读到的剧作家身世、经历,以及他们的戏在排演时的评价。我想通过这些来判断我该读哪些不该读哪些。像《好人润五》这种,我一上来就会先放弃。这是不公正的,但是对几乎只读剧本的人来说,可能确实需要选择。就像你走进一家书店,你不会盲目选择,而是倾向于选择一个和你气味相投的作者的书去阅读。

以上这些思维逻辑就造成了我在剧本阅读上的一个选择规律。但是这会给我自己造成一个更大的麻烦,因为确实有一些编剧,他们的水平有限。

我刚到北京人艺的时候排过一部话剧,里面有一个很重要的演员,就是何冰。当时我还只是一个助理导演,只负责修改文本。我看那个文本很糟糕,但是我揣测是不是北京人艺会有办法把这个剧本演得很好。但是我马上发现,事实恐怕没有那么乐观。我当时负责修改何冰老师和吴刚老师演的两段戏,剩下的段落由别人负责。我修改完之后,大家都说比原编剧写得好,但是那个编剧已经是非常成熟的编剧了。所以当时我模模糊糊地明白了一件事,"编剧"这职业,我自己可能不是比所有人做得都差的。这时,我萌生出一种勇气,我知道可以依靠自己的心去衡量剧本的好坏,而不是一味地从评奖的角度去接受它。后来,我又遴选了一批外国译制文本。阅读这批文本难度非常大，我不仅要考虑自己是否读懂了这个剧本，甚至还要考虑译者是不是也读懂了。有时候，我会在我的能力范围之内尽可能地找到原始剧本来看，结果我发现有一批剧本被翻译得很差。这件事也是我到了北京人艺之后才发现的。

后来我们排练《哈姆雷特》就遇到了这个问题。朱生豪老师的译本是公认的优秀译本，但是当我们排演的时候同样遇到很多问题。《哈姆雷特》在被译成中文后，在电影版本里有一个人们耳熟能详的名字，叫作《王子复仇记》。哈姆雷特有很多机会面对他的叔父，并且他那已成为鬼魂的生父明确告诉他，自己是在睡着时被置于死地的，他的叔父把毒液滴到了他生父的耳朵里。哈姆雷特的父王要求他对剑起誓，一定要替他报仇。但是哈姆雷特并没有去杀自己的叔父。杀了叫作复仇，没杀是否还叫复仇呢？这部戏从刚开始到杀了他叔父的那个点用了很长时间，讲的都不是复仇的故事，所以我觉得把这部戏叫作《王子复仇记》不一定是准确的。我个人觉得，如果把这部戏叫作《王子不复仇记》可能更准确一点，而我们的译者竟然简单地译为《王子复仇记》，所以这时候我就会对译者有更多的意见。我们需要拨开翻译花哨的卖弄，去探寻剧本本来的样貌。所谓"信、达、雅"，人们很容易只抓住"雅"而忘了"信"和"达"。尤其是朱生豪先生，我觉得他几乎只做到了"雅"。

面对这样的剧本，我们应该回到剧本的核心含义，弄懂它的双关是什么。莎士比亚语言的特点就是一句话有两个意思，一个是英国的俚语，另一个才是这句话表面的意思。由于演出时既要面对普罗大众，又要面对王公贵族，所以他需要一些人听起来不是脏话，但另一些人听起来完全是脏话。所以他写的才更像是俏皮的诗。我们要分析的就是他每句话的原意和每个段落的原意以及人物的核心逻辑。这时我们就不得不去从哈姆雷特身上回溯，在那样一个年代，为什么会出现哈姆雷特这样一个人。

在这个剧本中，作者提供了哈姆雷特的一个对照人物——奥菲利亚的哥哥雷欧提斯。他在遇到这种情况的时候迅速地选择了复仇，我认为这种行为在中世纪的欧洲是非常正常的。哈姆雷特的举动反而是特殊的、不正常的。所以我们不要用现代的眼光，而要用过去的眼光看待当时的文本。哪怕是去年或者前年的，我们都不能用今年的眼光去看待它。如果我们用今年的眼光去排一部戏，那么我们需要明白在当时的情况下那个人是个什么状态，以及在现在这种情况下有没有这样一种人。如果没有的话，观众很可能理解不了；如果有的话，他会变成什么样子，会以怎样的面貌出现。

话说回来，当我发现了剧本中存在这几种问题以后，我应该怎么去选择文本？作为一名导演，我很难以单独的编剧身份去面对文本，也很难以单纯的读者身份去面对文本，我唯一的诉求就是把它变成一部作品。所以当我面对这个剧本的时候，我需要找到这个文本在当代中国所能激发的共鸣。这句话说得很笼统，很容易就会被忽略，但是这个共鸣指的是什么呢？是"常识"和"通识"。比如我们去听郭德纲的相声，如果你会笑是因为你听得懂，如果你听不懂就不会笑。听懂的部分是常识和通识达成共识。常识和通识就是大家都知道，我们有一个共同的认知，爱或者恨，美或者丑。当我试着去这样做的时候，我发现中国是一个非常缺乏常识与通识的国家。比如，微博上常常会看到砸日本车的事件，如果有通识，我们会发现整个社会的人都在砸或者都不砸；但是我们看见的情况是，一部分人完全不砸而另一部分人在热烈地砸。所以我们这个社会不是一个真正有通识的社会。另外，我们是否应该去砸日本车，是不是一个需要解释的问题？如果是，那么意味着这不是一个常识，因为常识是不需要解释的。而当砸毁私有财产是否涉嫌犯法都不能成为一个常识的话，那么我会觉得这是一个缺乏常识的国家。

当我们把常识放在衣食住行，而不放在"道""理"，不放在逻辑上的话，这意味着只有关于动物性的部分是常识，关于非动物性的东西都不是常识，那就是错的。人的大脑很多地方和动物是一样的，包括"恐惧""爱"这些基础感情，都是动物性的。人特有的是"压抑""限制""隐忍"，只是比较薄弱。动物性更强大，但是并不意味着所有的理性都是常识和通识之外的。

在中国排戏我们常常会遇到这种情形，他们会说你"过于小众"。那么，我们想知道"过于大众"是什么。原来"吃喝拉撒"动物性的是"大众"；过于小众的东西就是我们作为人应该有常识和通识的部分，但是被强行地划归到非动物性的那一边了。这给创作者提出了一个巨大的难题，就是我们不能描述吃喝拉撒以外的部分，不能描述动物性以外的部分。动物性以内的部分又很难做到高级，就像非动物性的部分想做到低级是很难的一样。现在播出的电视剧，就非常清晰地体现了这种创作现状。比如中国的家庭伦理电视剧，其中最主要的矛盾是什么呢，都是作为社会性动物，不管是猴子、野雁、鹅、人，都会遇到的吃喝拉撒的问题。以猴子为例，猴子会笑，但是猴子的笑是有另一层作用的。在动物界，笑是一种恐惧和臣服的仪式。当一只猴子碰到一只比自己地位高很多的猴王，会把嘴部的肌肉向两侧牵拉，向猴王展示自己的食囊是空的，然后低伏，把自己的肛门露出来。肛门是很脆弱的部位，这与我们人类谄媚的表情是很像的。反过来想，当一个国家的电视剧反映的全部是动物性的时候，它存在的意义能否让一个社会往前走，这是值得思考的。

换句话说，我们能否稍微把自己的常识和通识扩大一点，不要总是一直留守在最狭窄的部分。这件事让我非常困扰。人，总是要趋利避害的。以时代划界，我认为在二十世纪六十年代以前出生的人，他们身上还存留着"文革"的记忆。身体是有记忆的，他们对美的认知需要通过痛苦来激发。改革开放之后的这批人，是要通过兴奋来创造痛苦。人特别兴奋的时候会突然觉得好痛苦，类似于喝完酒之后第二天宿醉的感觉；或者看一场特别美好的演出，在演出即将结束时会有一种莫名其妙的空虚感。这种空虚就是通过两种神经的交界完成的，不见伤痕就不见美好。影视创作群体的第五代、第六代就很典型，这两代人就是希望提供痛苦而激发美好。而我是想通过提供美好而激发痛苦。对我而言，这两种情感是可以互相转换的。乐极生悲、否极泰来都是存在的，这两者是在不断转换的。只是有些人信赖这种转换，有些人更信任另一种。我个人是更信赖美好向痛苦转化的。

我喜欢的是从俗里生发出雅，而不要从雅里面生发出更雅，我认为这是很难的，并且是一种对人性不尊重的做法。以社会为例，社会公众道德总是告诉人们应当怎样。比如社会公共道德倡导"按劳分配，按需索取，不劳动者不得食"，但这是一种美好的状态，是人最高级的状态，它没有向人们描述人世间的真相。这就变成了我们如何理解"文化"这一问题了。

"文化"的概念是和"武化"相对应的，而"武化"其实就是动物性。比如说，"我比你壮、比你有劲，我们中间放了一个苹果，只要我想把它拿走，就可以拿走"——这就是"武化"，因为你拦不住我；"文化"是"苹果搁在这里，咱们一人一半"。我们现在的社会理念，像其他的文化一样都在渲染这个行为。人类最高主旨是"平均分配"，实现这种最高主旨的基础是什么呢，是要通过"武化"来实现的。"武化"是什么呢？就是先打倒拥有苹果的人，然后再来"文化"。由于做了"打倒"这个行为，就导致所有的人被"武化"了，大家全部被"武化"之后就不知道该如何"文化"地去获得原本属于自己的东西了。再拿苹果举例，比如这个苹果是我的，有人告诉你，以后我们会把这个苹果均分了，现在要求你从我这先把这个苹果拿出来，如果我不给，你就要从我这儿把它抢过去，然后才能均分。这个行为的前提就是"武化"，"武化"没有停止，人还被慢慢训练形成"武化"的观点。这就是我们目前社会存在的问题，我们尊重物、尊重规则，并不尊重"我"这个人。因为通过"武化"的观点分析了人之后，发现"我"是不值得被尊重的，所以我们可以不尊重个体。

因为我们在意的是物，所以就会把自己划分为获利者，这就导致了社会的"二

次武化"，并且是通过一种文化的、文字的、虚拟的方式来改变。这时候再看文艺作品，我们就发现看不懂了，因为我们希望对自己有利，但是文艺作品不是对自己有利的东西。

看《红楼梦》的时候，如果是女性，可能会把自己代换成林黛玉或者是某一钗，我去看就很可能会把自己代换成贾宝玉，但是很少会有人把自己代换成焦大。我们都是在对自己有利的前提下做的选择，选择之后我们再看作品，因为作者没有带着阶级的观点去描述这个事，所以就觉得里面一切的美好都是自然的，一切的哀伤也都是自然的。如果我们用"武化"的观点来看这件事，故事就变成"这是一个怎样的阶级，这是一个怎样的家庭"，然后我们会把自己转换为焦大。这时我们才第一次想让自己变成这样一个人，因为我们的阶级被划分在这里，我们是可以批判他的家庭的。所以，"武化"的文化导致我们自己的矮化，矮化成了自己不想成为的那个人。

举个例子，我们剧院曾经排过《海鸥》。这部戏诞生的时候，阶级意识还没有广泛地传到俄罗斯去，它不是以阶级的观点去看待人的。但是一旦文化被阶级化了，就会有选择地批判谁、保护谁。但是这部作品并没有如此，它只是讲述了人非常本真的状态。人的好是什么呢？如果我为你好，而且方法用得也对的话，那我就是对你好；如果我为你好，但没有选择一个正确的方法，那我可能就害了你。阶级的观点是，新生事物永远要战胜旧事物，旧的学术权威一定是罪恶的，所以男主角特里果林和他老婆就是罪恶的代表，而新生的一定就是先进的代表，这其实是错的。我们在看到这种作品的时候一定要警惕，自己是不是被洗脑了。

以我为例，在发微博之前我会想，这条微博会不会被别人批判，我的朋友和家人看到后会不会不高兴，我有没有伤害到谁，以及我能不能站在一个道德的制高点上。你知道，我们有时候是可以站在道德的制高点上的，文化会变成武器的。我们往往希望去争夺那个制高点，但不是所有的国家都喜欢这样做。

如果我们回到孔夫子的时代，就会发现只有少数人尊重孔子。大多数人是拿他寻开心的。比较之前和之后的文字，我们发现宽容的状态是一直存在的。这就谈到了我们为什么要拍这部电影。《十二公民》这部电影讲述的就是常识、通识和偏见这些问题。现代社会最大的问题就是没有常识、没有通识，并且充满了偏见。而常识和通识的缺失我觉得是放弃了"文化"去寻找"武化"所造成的，是对动物性的回归。这也就解释了为什么很多文人说我们现在的文化作品是在愚民。

"知识"这个词最早是由日语转化过来的，它的本意是"智识"。"识"相当于智商，而"智"则相当于情商。我们小的时候经常会有知识竞赛，里面会有一些关于乾隆皇帝的出生时间、雍正皇帝的继位时间等问题，但这仅仅是"识"，而不是"智"。"智"是什么呢，是告诉你乾隆皇帝为什么会面临那些事情，出现的问题有什么更好的解决办法……这才是"智"的部分。"知识"是要有情感渗透在里面的，单纯的知识并不能使人变得善良，单纯的善良也不能使人变得有知识。所以今天我们在遇到社会问题时，会发现他们似乎在提供"识"，并没有提供"智"。他们提供的不是"文化"的道理，而仅仅是"武化"的道理。比如我们今天看到很多抗日题材的电影，里面讲"以牙还牙、以眼还眼"，而在公元一四〇六年，就有一个不断延宕自己行为的王子出现了，还出现了一个不去复仇的王子。我们的文化差了几百年。不是说任何社会都是直线上升或者下降的，社会不一定是进步的，有可能是倒退的。像希腊、埃及、中国的文明是先灿烂于哈姆雷特那个时期的，我们可以看殷商的文化、看周朝的文化，可以看到很多很多的解释。可是今天我们还要为"常识"和"通识"奔波。我们不能抱怨，要尊重自己存在的这个时代，并且看到它的有趣之处。我个人看它的时候是觉得很好玩的，你要接受这个事实，并且在这个状态下做你想做的和你该做的事情。

美国的《十二怒汉》找到了一种非常精准的办法，描述了那个缺乏常识、通我曾经和外国人谈恋爱，发现人和人没区别，除了长相、构造、骨骼轮廓有区别，其他都很相似。我们之前引入过"文化"和"武化"的概念，在"武化"的层面上，人都是没有区别的；但是在"文化"的层面上，如何达到平均分配、如何坐下来好好谈是有区别的。有些民族更善于好好谈，有些民族更容易一说就急起来。文化的不同导致我们作品中坐下来谈的方式千差万别。在中国，笑脸是一种促成坐下来谈的办法，但是得有一方闭嘴。父子之间、君臣之间、夫妻之间，举案齐眉太难了，大部分是一方发言，另一方因为某种枷锁就闭起嘴来。而西方人找到一种办法，可以让大家坐在一起心平气和地聊天，这是很难维持的规则和秩序。之所以在中国一开始排演《十二公民》是困难的，是因为我们没有这种秩序。没有这种机构和框架的结果就是很容易回到起点，大家都非常努力地发言，但是问题没有得到解决，因为我们在开会时没有主席。

曾经有人写过一本书，专门教人如何开会。他认为最有效的开会方式是设立一个主席，常见的长桌会议，可以一端坐主席，另一端坐书记员，所有的人都背对着书记员，面向主席说话，彼此之间不说话，由主席指定发言者，其他人聆听。中国典型的开会场景是电影《鬼子来了》中的一幕，大家决定要处理日本人，所有人就围在一圈七嘴八舌。我们要找到一个更先进的办法梳理大家的常识、通识和偏见，否则就会变成一锅粥。这个办法可能不符合中国的现实，于是我们又想了一个办法——设置一所学校，一场虚拟的陪审团的讨论。我更希望大家从这种方式里看到一种可能性，在讨论里看出我们在通识、常识上的缺乏，暴露我们的偏见以及看到别人的真诚和美好。

刚刚我们只把刀插了一半，当接下来再插一半的时候，你会发现人的动物性都是美妙的。我们不能保证人所有非动物性都是美妙的，但是人的所有动物性都是美妙的，因为动物本身就是美妙的。就像你看到贝克汉姆在赛场上铲倒一个人是丑陋的吗？不会，你会觉得这是美妙的。我们不会用道德的眼光去评判他。但是一位文质彬彬的男士正坐在一旁盘算怎么去摸旁边姑娘的屁股，这就是丑陋的。因为他没有去管理自己的行为。曾经有个意大利人告诉我，他们那里有一种风俗是摸女人的屁股，摸的时候手是活的，摸完之后手是死的。这样做，女孩会觉得你是在赞美她，而不是耍流氓。这种行为就是动物性的，它体现出动物性在某种意义上的美好。对美好的需求就是动物性的。它们自然、合理，人的很多行为是仪式。我们经常会忘记为什么要干杯、为什么要握手，筷子为什么要这样放。在主席台上，越靠右的人位置越高，因为人是要用右手拔剑的。我们保留了很多仪式，却忘记了原因，而原因有时候是动物性的。我们遗忘了动物性里美好的部分，这是我们需要重新去观察，重新去体验的。

也有演员跟我讨论过《十二公民》这部戏是否风险太大，其实拍摄过程相当于办了一场派对。如果我们回溯一切的源头，其实就是一场催眠。我们带着观众去做一场催眠，并且在催眠的过程中塞入一些片段，然后达成原本可能需要十年或者二十年才能达成的目标。我们在一年达成，在一晚上达成。观众只需要获得尽兴的感受，而我们必须要弄清楚配方是什么，这样才知道哪些不需要做，哪些是无效的。我们永远不知道起作用的因素具体是什么，只能先去规避无效的因素。在剧场中我们常常可以直接观察观众，当他们的情绪完全投入之后，脸上会有一种傻乎乎的表情。假定你在做梦，谁也不会控制自己做梦的表情。当剧院中突然有手机铃声响起来，马上会有人投去憎恨的目光，在欣赏剧作时，响起铃声这种行为是特别令人厌恶的，因为就像从梦中被人摇醒一样。

所以我们不得不重新看待很多问题。追究细枝末节就是为了进行知识储备，这种储备使得我们有一天在面对突发事件不能选择、很难选择的情况下，做出一个大致的选择，我们应该怎么去面对这件事。就像乒乓球运动员花了大量的时间练球，只是为了突发事件来临的时候，做出一个最自然的反应。

这种作品越多，观众潜意识中达成的常识和通识就越多。当觉得这是一种必须掌握的常识和通识的时候，你自然就能学会了。就像现在人们只要做出一个划屏的动作，大家就知道你在开手机一样。这不是人类的行为，而是非动物性的行为。如果这个都能学得会，更何况更简单的行为呢，只是需要时间来普及而已。

我们不要一开始就将这种要求限定在一个小众的范围内。中国的小众范围是非常小的，可能只有百分之十五、百分之二十的人完成了文化、常识和通识的教育，还有八成的人不理解。就像你和外国人聊天的时候，他可能会说"中国人这样、中国人那样"，因为他很可能没把你当作是中国人。事实上我一直觉得有两个日本，一个是我们正在吃、正在消费的日本，一个是我们所仇恨的日本。就像我们去了解中国一样，中国有随地吐痰的中国、疯狂买LV的中国、有知识的中国，以及有马友友的中国，这些是不一样的。西方人脑子里存在很多中国，这些中国的差异是巨大的，就像我们对印度的认知一样。我们对一个国家认知的分层越少，说明这个国家越先进，因为这个国家达成的常识与通识更多，不在乎外部怎么看。我们的核心目标也是这个状态。

我们只能试着去做，而不是呐喊、呼吁。其实当你去跟别人讲常识和通识的时候，本身就有些冒犯别人的意思，像有些人要求小孩子不可以一边吃饭一边跑一样。

观众在动物性的常识和通识上可能会高于我——我说这句话没有任何污损的意思。我爸妈特别喜欢我们家的狗，经常把它错喊成我的名字。我俩同时在场，

十二公民 12 CITIZENS

但是他们对它移情了。动物性是很美妙的，尽管它不择时间不择地点地去排泄、不择时间不择地点地去求偶，但是我作为一个人，有可能不如它。这个东西是我们必须要建立起某种常识和通识才能聊天的，不然一聊就是伤害。■

从电影名《十二公民》中我们大概能明白您想用这十二个人泛指中国十二亿人，但为什么要选择十二个男人，没有一位女性？这仅仅是向美国版《十二怒汉》的一种致敬，还是另有深意？

首先，我对女性有一种恐惧。从很大程度上来说，女性是优于男性的。如果你身体里有这么多的雌性激素，你还能控制自己的情绪，正常地作为世界的一部分，是非常了不起的。我们可以观察到，如果给一个男人打上雌性激素，他的情感会变得非常丰富，经常哭泣、紧张、焦虑，很多情绪都会随之产生。这不光是男人和女人的区别这么简单，女人几乎要花费一生的时间，学会和雌性激素打交道，学会控制自己。而这是非常困难的，所以女性的克制力比男性强。雌性激素是一个难以驯服的东西，再加上我和女性交往的经历是非常失败的，就更加深了我的这种观点。

从我母亲开始到我后来谈恋爱，我在与女性交流这个问题上很恐惧。女性的逻辑非常强大。男性是以江湖论道的，比如叫一声"哥"可能就能解决很多问题。可是女性很多时候不是这样的，她们会做出一种姿态——"喜欢就是喜欢，不喜欢就是不喜欢。"尤其在特殊的日子，讲道理是没有用的。我们剧院的女演员，在将要生孩子和刚生完孩子的时候，你能感觉到她的内分泌是紊乱的，你用所有的逻辑和道理都无法和她沟通。

所以我担心在电影《十二公民》两个小时的时间里，想要有效地通过一种逻辑思维来梳理这件事的话，有女性加入可能是困难的。而且在这十二个人里面，不管是什么样的比例，女性的美有时候会通过一种很奇特的方式去解决问题，而不是思辨。就像如果不是因为巩俐的美，就不会出现《红高粱》这部电影。可能到了某个点，女性站起来说一句话，架就打不起来了，大家就没火了。所以必须要排除一些外面的因素，一些不通过理性就可以解决问题的因素。比如，在镜头下，女孩看了一个人一眼，可能问题就解决了。这样电影会变得更加复杂，我们很难在这么短的时间内把问题探讨明白。就像《时时刻刻》这部英国电影，里面全部是女演员的时候就会出现一个全新的逻辑，一种超越电影之外的逻辑。如果你在描述女性的时候，这个逻辑不存在，那就是不真实的。

很多作品之所以描述男性，可能就是因为作者本身不够强大。如果你能写得好，那么你的作品很可能会变成《红楼梦》。但是《红楼梦》不是在逻辑之下诞生的，它是非理性的人性美。

我曾经想过在里面加入一些女性。如果从绝对真实来说，我们说不定需要在里面加入七位女性，但我没有这么做。第一是因为我驾驭不了有女性在其中的电影逻辑问题。美国版《十二怒汉》之所以没有女性是和当时的社会环境有很大关系的，他们规定女性不能参政议政，不能参与投票。俄罗斯在二〇〇七年拍摄的那版同样没有女性。而日本版之所以有女性出现，同样是和日本的社会形态有关，因为在日本，主妇决定着整个世界。但是我觉得中国目前的社会问题不在这里，我们必须严格地控制自己的兴趣点。也许我们有十五个兴趣点，但是我们要看到核心，需要去简化。我认为中国现阶段最需要讨论的是贫富分化问题。如果一个家庭的经济状况不好，不会有人去指责女性，而会把担子放到男性身上。即使在这个经济飞速发展的社会里，站在舞台前沿的还是男性。男性一旦没有为这个家庭挣得足够的生活资本，就会被这个社会摒弃。而这个时候，如果女性还不离不弃地生活在他身边，就会成为道德的楷模、被社会标榜的对象。所以在谈到这个事情的时候，我们需要把女性摒弃开来。■

在虚构的电影中用虚拟的方式来讨论法律问题，相当于是对一个严肃主题的两次稀释，您是如何把控这个电影的戏剧张力的？虽然是虚拟讨论，您却要求每个角色都十分严肃与愤怒，这种矛盾下我们似乎可以察觉到一丝喜剧的气息。如果把您的上一部话剧称作"忧伤的喜剧"，那这部戏我们可不可以叫它"愤怒的喜剧"？

3

大家一直想让我做一项工作，就是把前边的节奏剪得更快一些，但这是一个悖论。我们前边做得越快，后边就越没意思。只有你前边做得慢了，后面才能看出意思。而我们只有在通观全剧，得出需要快这样一个结论之后，才会明白前面做得慢是有意思的，就像我们在大观园的故事开始前讲一僧一道的故事一样，为什么不从黛玉葬花开始呢？是因为刚开始读者还不认识黛玉，读者也不懂得大观园是怎样一个地方，读者自然就不知道林黛玉葬花是有意义和有价值的。

在中国这个社会，想不愤怒非常困难。焦雄屏做了一档节目叫作《聚焦》，共三期，分别采访了陈丹青、冯小刚和章子怡。周边还有一些人帮他们做了一些

宣传。所有人的脸上都写着三个字，叫作"不愉快"。他们谈到了一个问题——中国的社会现状以及艺术。陈丹青说"这不是一个最坏的时代，但最坏的时代还是会到来的"；冯小刚说"毫无意义，我想到纽约待着"；而章子怡则说"我很不容易，我走到今天很不容易，我放弃了很多东西"。所以想做到愤怒和不愉快，在中国是很容易的。我们如果要谈在中国实实在在存在的东西，是很容易的；反而是我们想谈调侃的，其实很难。在中国想谈严肃、愤怒，可笑的严肃和可笑的愤怒，其实是很难的。

亚里士多德在他的《诗学》里有段对悲剧的描述，"在相对长的一段时间之内，真实地再现生活的原貌"。现在我们理解起来或许有点难度。在他生活的那个年代是没有灯光的，所以剧作家们需要推算落日的时间。背景一般是一成不变的海面，根据当时的天文方法倒推出演出开始的时间，推出主人公悲剧发生，也就是神誓应验的那一刻，就在那一刹那，太阳跌入海底，结束。不可逆，不可更改。人类的渺小在这一刻体现无遗。这就是悲剧，悲剧就是人总难以逃脱死亡的命运。

喜剧则是假设可以被逆转、可以被改变的，而这件事本身就是可笑的。《十二公民》也一样，这本身就是一件不存在的事，因为我们没有这个陪审团制度，但是大家都很认真，这就很可笑。这个名字本身很好，"愤怒的喜剧"是个非常有意思的名字。我们之前也在思考电影名字的问题，我希望完成两个要件——第一，我希望能涉及"十二"这个数字；第二，我希望在一开始的时候就引导观众进入一个不变更场景的电影中去，因为很少有电影是不变更场景的。有时候因为你给观众提供了一个过高的预期，告诉人们里面会有变换的场景，还会有关于凶杀的案件，这样他会很容易觉得不满足。你应该给观众低一点的预期，告诉他们这是十二个人在一个房间里完成的对一桩谋杀案的探讨，结果有人告诉我，可以叫这么一个名字，叫作"十二人密室非杀人案件"。当然这是题外话。■

《喜剧的忧伤》讲的是文化审查制度，而《十二公民》更是直接拿中国没有的陪审团制度说事，导演您是有意触碰，还是对我们大众所敏感的制度有着一些特别的理解？

我们排《喜剧的忧伤》，并不是因为审查制度。这是小问题。我相信审查制度终会在中国的大地上消失，不管是一百年还是一千年。虽然这个东西总会先于人类消亡而不存在，但我认为这不是大问题。有些问题可能是人类都灭绝了也无法解决的，审查制度只能说是人类在一段时间内为了获得进步而采取的某些措施。陈道明老师参与这部戏倒是因为审查制度，他认为这部戏里讲到了审查制度，而审查制度是有问题的，甚至我们看到因为这个问题，中国的电影和文化进步的空间和幅度都变小了。

我也这样认为，但是我还有另外一种看法，就像化妆的核心意义在于不想承认自己本来的样子一样。这并没什么，因为人都不想承认自己是这样的。这就出现了一个问题，如果不是这样，我们自己本身到底是什么样的？《喜剧的忧伤》探讨的是人和自己斗争的问题。如果说回审查，我不会很极端地认为一谈到审查就应该去抨击，这就像一个六指的人如何去弹钢琴的问题。中国现在确实是存在审查制度的。如果你有四个手指头，还能比原来弹得更有意思吗？这是承认自己先天的缺陷。如果你已经有缺陷了，不可能改变了，那你就该想怎么去适应，就像有人把雀斑当成美。这是另外一种改变，而不是从根上去除。伊朗的审查制度比我们更严苛，但是这没耽误他们继续拍出好作品，审查制度不应该成为没有好作品的唯一借口。■

5

我们都知道《喜剧的忧伤》改编自日本编剧三谷幸喜的《笑之大学》，而这一次的《十二公民》也是对好莱坞经典影片《十二怒汉》的直接致敬，一方面喜欢您的观众认为您对国外作品的本土化改编出神入化，另一方面也有人质疑您的拿来主义。对此，您是否有话要说？

我觉得写家有写家的厉害，写家有写家的优势，写家也有写家的难度，以我的智商没有真正到了能当写家的地步。我见过太多写得厉害、剧本创作优秀的人，当站在中国的立场上聊中国，我们会觉得中国有一些很优秀的作家，但是如果环比世界的话，不得不承认还是有所欠缺的。

我只是想拿到更优秀的文本，并不在乎是哪个国家的。我们和河南的编剧合作大家觉得很正常，为什么和美国编剧合作就不正常了？或者说如果和东城区的编剧合作正常，那换一个地方的就不正常了吗？我觉得这个假设的范畴太小了。如果我们就在东城区聊天，或者就在长江以北聊天，我觉得都不行，都聊得太窄了。为什么美国剧作家罗伯特·麦基来了就不叫拿来主义了？如果一个文本提供的东西有价值、有力量，不管它是古代的还是今天的、中国的还是外国的，我觉得都应该把它拿出来拍。永远是价值为王，只要经纪人允许，只要不违反法律，我觉得都可以。这是代表了人类，而不是代表了东城区的创作或者西城区的创作。

我特别喜欢一个时代，很可惜这个时代已经过去了。美国之前为什么兴盛，是因为"二战"没有在美国本土发生，虽然后来有过麦卡锡时代，但是在那段时间积累了很多都市传奇的故事。在同一个时代里，中国也有都市传奇。但是中国的都市传奇总是被迫害的故事，充满苦难。中国现在比较好的记忆都在民国，在北洋。没有流血的那次革命，还是很浪漫的年代。那时大师辈出，大家都在朝着同一个方向而努力，探索着怎样把政体推进到一个更合理的方向。

还有一个比较好的年代是二十世纪八十年代。虽然当时物质状况未必有现在好，但是有很多小沙龙、私人绘画展在自家的客厅里举行，很浪漫。如果现在有人说请你上家里看一个小画展，你会觉得这个人不正常，但在当时会觉得那是一件很正常的事情。那个时代挺美好的。再说回之前的问题，有这么多美好的东西，你何必在乎编剧是哪里的呢？

中国人聊拿破仑，认为他似乎还带着一种征服世界的雄愿，感觉还有些伟大。但是如果你跟法国人聊，他们会是完全不同的一种看法。如果你说拿破仑伟大，法国女人几乎要和你吵了。我们以为非常了解这个国家，其实并不了解。我们受过的很多教育，都把我们拦在了文化的另一端。因为我们的很多历史，包括书本，隔断了我们对世界的真实看法。所以我们想和世界达成沟通是很困难的，如果不再多拿来一些，与世界的距离会不会更远？

如果管这叫作"拿来主义"的话，那我认为应该多拿来一些，我们现在拿来的还太少。有些问题还没有到故步自封、什么都不拿来的地步。从前我们说"西学东渐"以及"中学为体""西学为用"。这些固然很好，但是现在我们本土的东方哲学几乎已经被阉割殆尽了，又没有西方的知识补充进来，这才是最大的问题。

如果我们能做到一种更宽容的拿来，看到别人优秀就拿过来，那会是另外一种景象。像美国导演马丁·斯科塞斯去拍《无间道》，也没有人质疑他的拿来。我个人是很推崇这种拿来的，看到别人好的就拿过来，凭什么不能拿呢？为什么我们可以去买LV包，却不能去拿一个优秀的文本回来？这就是我对这个问题的看法。■

1号陪审员：陪审团团长【雷佳饰演】

人物小传

二十八岁左右，政法大学留校的研究生。在政法大学老师的指派下，负责组织这场模拟西方陪审团式的讨论。他懂法律，熟知整个讨论流程，理解西方陪审团制度在法律层面的价值和意义。因此，在整个讨论过程中，他一直在努力维持一个公正的态度。刚开始他并不急于表达，只是在文质彬彬的外表下依然有一颗年轻而容易愤怒的心。

演员介绍

雷佳，北京人艺演员，北京人艺新生代最具可塑性的青年演员之一。代表作有话剧《我爱桃花》《白鹿原》《骆驼祥子》《哈姆雷特》《李白》等。

演员访谈

雷佳——公正的扮演者

Q 这部戏难度很大，您在其中扮演了一个负责引导整个讨论进程的重要人物，在同单位的其他师兄长辈面前，会不会感觉到压力？您觉得这次拍摄谁对您的启发最大？

A 现在离拍摄结束已经快半年了，有一些细节快记不清了。这次演出对我来说没有压力，确切地说是"踏实"的感觉。我们年轻人特别信任这些老师。不管我们演成什么样，他们都能接得住。而且我们之间也挺有默契的，毕竟在舞台上摸爬滚打这么多年，一招一式，表演的理念和认识基本上相同，就是北京人艺精神——一盘菜的精神，所以一点压力都没有。如果说有压力的话，就是来自于这部戏和角色本身，就像片子里的那句台词，"太难了，实在是太难了"。

导演也说，1 号演的是 8 号陪审员的另一面，这个也是从排练到最后拍摄一直困惑我的问题。我一直在寻找这个人物的愤怒点在哪里，因为他更多的是一个功能性的人物。他和其他角色不同，因为其他角色的愤怒能从生活中找到依据，而我这个人物，或许不能用概念来形容，但是所承载的功能确实要比别的演员多。所以压力更多来源于这个角色。像我这么年轻的一个演员，经验又少，就更有压力了。好在有徐昂导演、何冰老师他们一直拍打着我，带着我往前走。其实，我对自己的表演并不满意，觉得不是特别好，如果让我打分的话可能不及格，包括最后的呈现可能也没达到徐昂导演的要求。

或者说，这个角色是我到北京人艺八年来，接触到的最难的一个角色。因为我找不到它生活的逻辑和依据，所以我特别郁闷。我之前和徐导也聊过这件事，有劲不知道向哪儿使。这可能也和文本以及角色的任务有关，不可能给出更大的篇幅。这版故事和美国版与俄罗斯版都不同，那两个版本的 1 号年龄都更大一些，并且最后也有宝押在那儿。但是作为一个年轻演员，我还是觉得很幸运，在我三十岁的时候（笑），虽然也不算太年轻了，能接触到这种有深度的剧本，包括整个团队、导演，对于我来说无疑是幸运的。你必须知道什么是好的才能往前奔，见贤思齐。对于我个人和我的事业来讲，还是非常有帮助的。

现在的剧本大多以讲故事为主，像《十二公民》这种思辨和思想性比较强的剧本，我接触得就比较少，所以这次收获还是挺大的。包括徐昂说的接触到一个新剧本从哪儿去解读、从哪儿入手、哪儿是需要演的、哪儿是需要放的等，都需要好好总结。因为我拍戏确实太少了，这部电影算是第二部。

我之前只拍过《金太郎的幸福生活》，但那是电视剧，所以我在电影镜头前的经验尚且不足，在拍摄过程中还要想很多东西，包括机位之类的。

Q 您应该是所有演员中最年轻的一位吧？导演徐昂说这部戏的排练难度不亚于《茶馆》。对于您这么年轻的北京人艺演员，有什么特别的感受？这十几位北京人艺演员中有哪些是您在舞台上合作过的？有哪些是第一次合作？与同单位人一起演出这部电影，给您更多的是鼓励、压力，还是鞭策？

A 我与这些演员几乎都合作过。当然韩童生老师和赵春羊老师因为不是剧院的，所以这次算是第一次合作，其他的老师都合作过。可能和（李）光复老师合作得少，除了我在《茶馆》里面做群众演员，和他没什么对手戏，其他的像王刚老师、何冰老师、刘辉、班赞，我们经常在剧院里合作。

其实我老怕拖大家后腿。这是徐昂导演的第一部电影，他又那么信任我，我特别害怕完成不好对不住他，但是又确实不知道从哪儿入手，只能硬来，一闭眼就往下蹚了。这次真是要感谢徐昂和（何）冰哥，因为他们不断地鼓励我，想招儿、想方法，帮我捋台词，一句一句分析，每句台词到底是怎么回事，拽着我往前走，要不是他们，这戏我肯定演砸了。

但是也还好，喝了这壶酒，以后什么样的路都敢走了。

至于"感触"，电影开拍之前排练了两周，好多人肯定都说这个。因为我拍的戏比较少，合作过的剧组也比较少，像他们说的电影排练有多难得，因为我没有经历过什么烂组，所以倒是没有太大的感触。我最大的感触还是这个团队，从导演到演员，再到工作人员，整个团队让我觉得特别好。他们是特别好的一群人，有理想有抱负，愿意认真去做事，深入地去看世界。这是对我影响最大的，他们所演出的东西特别高级。有人跟我说过，拍电视剧不在多，但是要和好的团队在一起，因为和方向错的或者不好的团队在一起，特别容易把你带坏。我觉得咱们的团队就特别好，算是顶级了吧，起码在我接触的剧组和人里面算是顶级的了，所以能在这个团队还是挺幸福的。电影拍摄结束后我再拍电视剧，就感觉自己的进步很大，和原来自己拍第一部作品的时候，感受非常不一样。

导演印象

我自己第一次投资的小剧场话剧叫作《女仆》，原著作者是法国剧作家让·热内，当时我请雷佳来和我一起合作演出。我们男扮女装演两个妄想成为女主人的女仆，趁着主人不在家互相扮主人。那是我们两个人第一次合作。雷佳是一个特别好的人。我一直觉得当演员人不能特别好，有的时候演员是需要假装自己有点坏、有点蛮横、有点跋扈，因为演员这个职业是很容易被污损的。巫师头上通常戴着羽冠，当有人一把将巫师头上的羽冠拔走的时候，巫师瞬间就会变成小丑，更何况演员还不是巫师，不具有通灵的镇场作用，有时候演员甚至连人都不是。

所以，我一直认为演员需要采取一些保护自己的措施。而雷佳不是。他是一个很挚诚的人，同时他的表演技巧也很好。我的其他朋友都曾经多次劝他，让他变成一个有点坏的人，但是无论尝试多少次都以失败告终。

我给雷佳1号陪审团团长这个角色其实不太公平，因为1号非常难演。1号实际扮演的是一种有倾向的秩序，换句话说，就像一个裁判。这个很难演，演不好的话很容易有所偏移，但是又没有特别大的空间给雷佳去做这方面的处理，毕竟这部戏重点不在这里。对于这样一个非常难的角色，雷佳并没有苛责我。他是一个心地善良柔软的人，他没有质疑我为什么要让他做这做那，而是不断地苛责自己为什么做得还不够好。这让我非常感动，因为演员是不可以被赋予太多工作的。在演员不能冲上去的时候，应该是编剧和导演冲上去。但是我们并没有给他做很多，反而是他为我们做了不少。如果可以，我希望雷佳能变得更坏一点儿。这是我对于1号雷佳的看法。

2号陪审员：好脾气的数学系海归博士【王刚饰演】

人物小传

曾经的公派留学生，回国后一直待在大学担任数学系教授，为了儿子来参加这次模拟陪审团考试。他是典型的智商高，情商低，平日里很少主动发表自己的意见，习惯于附和、支持别人，不太善于沟通。因此在一开始，他很少去谈自己的意见。

2号在心里很珍惜这次机会。出于习惯，他在刚开始很少谈及自己的意见，但他理性分析能力很强，对数字和计算很敏感，能迅速地计算出城铁的运行速度。当他的答案吸引了全场注意力的时候，他有些不好意思，但是心中又生出一种淡淡的自豪感。

演员介绍

王刚，北京人艺演员，从艺二十多年，有着丰富的舞台经验。代表作有话剧《天下第一楼》《万家灯火》《赵氏孤儿》《哗变》等，电视剧《雷雨》等。

演员访谈

王刚——傲慢与偏见

Q 徐昂导演曾经说过，《十二公民》其实是一部与偏见有关的电影？您怎么看待这个问题？浓眉大眼、一脸正气的您如何评价何冰老师饰演的那个小鼻子小眼儿的检察官？

A 是的，这部电影和偏见有直接关系。从城市到乡村，从北京到外地，从大款到小贩，从知识分子到出租车司机，从刑满释放之人到检察官，从被忽视的老人到学生会主席，以及保险业务员、保安、小市民等，无不掺杂着这个大社会所折射的各种心理、心态。偏见恰恰是我们每个人或多或少从孩提、从家长、从教育、从身边、从书本等直接或间接形成的几乎不用思考类似于公式化的概念，就像 1+1=2 一样。《十二公民》告诉了人们——偏见是怎么炼成，又是如何消弭的。

关乎形象哪有大眼小眼、正气邪恶之分。这本身就是一种偏见，一种概念化。"人不可貌相，海水不可斗量"，古语有之。何冰演绎了一个就在你身边，喜欢思考的邻居、一个负责任的孩子家长、一个追求真理的人、一个聪明的检察官。

> **Q** 您扮演的 2 号应该是影片中唯一的知识分子——高校数学系教授，他并不像 3 号或者 10 号，曾经有过郁结于心的经历。但他刚开始仍然同其余十位陪审员一样，投了有罪的票。您是怎么理解这个问题的？这是不是也属于一种偏见？

A "随众"是一种普遍的观念。当你在想一个问题时，没有用大脑仔细去分析、剥离，当有众多的人看待问题和你一样时，盲从就出现了。这不仅仅是偏见的问题，而是一种麻木、是事不关己高高挂起的懒惰思想。当一个人真正透过现象看本质，用大脑仔细推敲的时候，偏见就不见了。

导演印象

《十二公民》这部电影在选演员的时候，大家都花费了非常多的心思，每一个角色都是如此。王刚老师在舞台上塑造过很多优秀的形象，但在这部电影中他一开始总是找不到办法。他又不希望因为自己没找到办法就拖住整部戏的进度，所以他一直用积极的态度感染大家。其实，==“演员的积极”就是导演最感谢的东西。拍戏是一件不容易的事情，需要一股力量支撑着创作人员往前走。==如果有"积极"的态度和精神，在这个过程中哪怕遇到再多困难都没有问题。就像铁道上有一两块小石头也没关系，因为速度很快的时候车子也能过去。

最开始，剧组千头万绪，我没注意到王刚老师的问题。实际上在一段时间内都是他独自面对创作的难题，他用自己的态度坚持着。等到某一天我们终于有时间来解决这个问题，并且给了"2 号"这个人物一个合理的解释之后，他才如释重负。

关于2号总是在"笑"这个问题，我和王刚老师进行过诸多探讨。这个涉及我对中国现代知识分子的看法。像陈丹青那样的人是少数，每一句话掏出来都让人感觉非常凌厉。真正有学识的人总是表现得有些文化、有些看法，但是又不愿意给出明确答案。所以在电影里，2号人物是觉得这件事有点可笑。这类似于在一个会场，对于宣传人员的鼓动，受教育程度越低的人越容易相信，越不相信的人受教育程度越高，受教育程度低的人可能会痛哭流涕大受震撼，而受教育程度高的那个人可能正闷声不响地在本子上画着小人儿。所以2号人物会觉得这事又真又假非常好玩儿，这种好玩儿不在于这件事，而在于情境本身。这个拿捏是非常困难的，但是最后王刚老师找到了人物的精髓和关键点。王刚老师的戏不是特别多，不过他在电影中出色地完成了这个角色。

3 号陪审员：狂躁的出租车司机【韩童生饰演】

人物小传

典型的北京出租车司机，身穿黄色制服，脚上是老北京片儿鞋。为了妹妹的孩子来参加这次模拟陪审团考试，手里一直拿着一个雀巢咖啡伴侣的旧瓶子，上边套着老婆钩的毛线套儿，瓶子里的茶酽得吓人。虽然层次不高，但衣着总保持着刻意的整洁，就像刻意要求别人给予他尊重和认同似的。嗓门很大，说话总是以进攻开始，但是在他尖锐刻薄的语言下，其实藏着一颗受伤和敏感的心。

演员介绍

韩童生，中国国家话剧院演员，国家一级演员，曾获第五届中国戏剧梅花奖、第三届中国戏剧金狮奖。从艺二十多年来，参演及主演话剧、电视剧各四十余部，电影六部，是观众熟悉、喜爱的著名表演艺术家之一。代表作有话剧《玩偶之家》

《生死场》《操场》等，电视剧《永不瞑目》《家有儿女》《范家大院》《浮沉》《裸婚时代》《民兵葛二蛋》等，电影《梦想照进现实》等。

演员访谈

韩童生——人生如戏，全凭演技

Q 如果说何冰老师将美国版《十二怒汉》中的亨利·方达所扮演的8号演绎得入木三分的话，那韩老师您的表演已经远超过美国版的3号，将一个愤怒的北京出租车司机演得出神入化。我们看到您在表演时会赋予角色很多小动作、小眼神儿，十分形象传神。您对这些是如何拿捏的？

A 首先我不敢说自己超过了美国版3号演员，美国的十二位演员是很强大的，还是全明星阵容，而且由于民族不同，电影所反映的具体事件不同，我们不好做横向比较。我只能说，在解读剧本提供的规定情境以及导演对角色的要求上，我是下了一点功夫的。

演员就是演人物。因为行为和语言都是剧本规定好的，演员能做的就是赋予人物性格。3号本身是一个地道的北京人，他的职业是出租车司机，几乎可以算是生活在社会最底层的人。身处服务业，3号什么样的顾客都得拉，见过各色人等。他最主要的特点就是见什么人说什么话，也擅长见什么人说什么话。所以我就从两个方面入手。第一是形体上，3号难得轻松。他平时坐在驾驶位上，即使只有几分钟，也得系安全带，保持正确的姿势，全神贯注，非常受束缚。所以一旦离开车，他就会在形体上找各种使自己舒适的姿势。我就抓住这一点，在拍摄过程中，很少会用一个固定的姿势坐很长时间，不是单腿支到椅子上就是半蹲在椅子上，或者盘腿，从而使得自己比较自由，比较不受约束。连二郎腿都很少跷，因为二郎腿容易静脉曲张。除了这一点，我还在眼神上下了功夫。他开出租车的时候需要眼观六路耳听八方，随时处理突发情况。另外，因为他常常需要察言观色，观察自己服务的对象是什么样的人，所以他对每个人说的话都很在意。你应该也常常能见到，在出租车上和司机聊天的时候，到了最后，他会通过前面的反光镜来跟你交流。他会不时地去想我怎么说话能说得好听，让你觉得我服务得好，这样双方的心情都会变好。所以不管谁发言，他发言的是个什么身份，他有可能是一个和我有什么关系的人，这都是时刻需要他注意的，所以他的眼睛是很灵活的。作为一个生活在胡同里的地道的北京人，他会自然而然地说出许多片汤话，他的语言也会自然地流露出一些懒散和玩世不恭。当他急了的时候，他也犯北京的三青子。他拿捏准对象，认为可以攻击的时候，认为自己有理的时候，一定会毫不留情。我个人对怎么演绎这个人物是做了一些功课的，也不单是这个人物，事实上对这些事情的注意和分析是演员必须做的。

小动作对于塑造人物形象是非常有帮助的，这不仅仅是一个表演手段的问题，而是通过小动作达到传神的目的，从而让大家知道这是一个什么样的人，有助于规划这个人物的行为并且明确他的态度。

我顺便说一些题外话。那天我和徐昂有一个简单的沟通，我是二十世纪五十年代生人，在踏入戏剧之门的时候是二十三岁。那个年代和现在不一样，我有着戏剧理想，我热爱戏剧。并且用一种粗俗的说法来说，我找到戏剧的饭碗很不容易，我非常珍惜这个职业。我当时受到的教育也都是怎样去演绎一个角色，怎样去爱自己心中的艺术，而不是爱艺术中的自己。这些长年的积累已经潜移默化地扎根在了我的脑子里。所以在今天这个时代里，我会看到有很多演员，不是说我们这个组，不再把表演当作是一门手艺了。他们完全是一种自然状态的表演。他们对人物怎样创造以及性格怎样塑造已经很少提及或者不再提及了。而实际上，这是演员的看家本领，学会这套手艺之后你就会知道怎样创造角色，怎样使得角色鲜明，而不是简单地复制一个角色，甚至是为了取悦观众，满足一下自己在角色上的虚荣心。让观众看到的是他自己，而不是角色，我觉得这是不正确的。现在可能有很多年轻演员都会忽略这个，这也是很多影视作品使我看着不解渴的原因。我认为<mark>创造角色和塑造人物，是一门艺术，也是一门手艺，</mark>只是已经很长时间不再有人提及了，就遗忘了我们的基本功，有些甚至根本不去学习基本功。我还是那句话，外行看热闹，内行看门道。如果不去传授这些，戏剧学院和电影学院表演系都是四年授课，他们应该教点什么呢？如果不讲这些的话，我们随便在街上拉一个人去表演就可以了，我们还需要有专门的表演专业吗？今天应该呼吁年轻演员，好好回忆一下当初是怎么上表演课的，一定要补上这门课。

很多戏可能出于我个人的喜好不会去接，但是一旦接了，不管戏份轻重，我都会按照刚刚说的那种方法赋予角色生命。虽然这种表演理念未必每个人都认同，但是我对艺术的态度就是这样的。我不会装样子，也不会偷懒，老师过去就是这样教我的。这和有没有回报、有没有知名度上的提升完全没有关系。我就是我，这个过程我是享受的，我是应该这样的，这样我就满足了。

Q 从电影来看，您所扮演的出租车司机应该是整部戏中最愤怒的角色。您认同导演赋予角色的愤怒吗？从影片延伸出来，您对现在社会的舆论暴力有什么看法？

A 在北京奥运会前后，中央电视台播了一则新闻，记者在街头采访北京各色人等对时事的看法，对北京即将举行奥运会的态度，对此我印象很深。他们采访到一个出租车司机，我惊讶并且自豪于北京这么普通的一个市民，一个不起眼的司机，就能说出一些比很多知识分子和专家都更有深度和见地的话，虽然修辞上未必足够文雅，这是不容小觑的。回到戏里来，这个出租车司机可以说身处生活的最底层，从事的又是服务业。他见过各种人，盗贼、妓女、嫖客、政府官员、科技工作者如研究员等，整个社会发生了什么新鲜事，有什么热议话题，不用问别人，问出租车司机，他都知道。所以说出租车司机是一个万事通，是一个小的新闻发布中心。我觉得这部戏中所有人的愤怒，甚至整个社会的愤怒，都集中到了这个出租车司机身上。当然他自己最大的不幸，或者说最大的愤怒就是他到现在仍然不理解他从小养大的孩子。只是因为他们爷儿俩吵了几句，他对儿子在兴趣爱好的选择上不敢苟同，推了儿子一下，儿子就可以离家出走六年。这是从小的方面说。从大的方面说，这会延伸到他在看到任何不顺眼的人和事时都会愤怒。或者是只要别人有任何愤怒，他都会强化这种愤怒。而且北京人还有一个特点，爱管闲事，热心肠。即使事情和他无关，他听了觉得不行，也要过来插上几句话。这个人其实是很好事的，但他最大的愤怒就是对自己孩子的事想不通。再加上生活的不幸，他也会对社会不满。尤其是这个案件牵扯到"富二代"的问题，他把一股脑的愤怒全部发泄到这点上了。

但是3号这个人从根子上来说还是很善良的。如果不是那么大的爱，他不会表现出那么大的不满和那样大的恨，所以他的内心是温暖的。每一个市民、每一个老百姓遇到的问题都不一样，有跟3号雷同的，有不一样的，但坏人是极少数。我们每个人都有自己的情绪，只是在不同的时间、通过不同的渠道宣泄出来。所以我对这个人物也寄予了很多同情，我既表现了他愤怒的一面，到了最后那段比较长的独白的时候，我又希望表现出来的是，他表面是愤怒，心里却在流泪。事实上他也流泪了。他恨着自己的儿子，但是作为家长，他也恨着自己，恨自己的冷漠，检讨着自己。

我很认同导演的愤怒，我挑本子不能说苛刻，但也是挺慎重的。坦率地说，我个人不倾向纯娱乐的东西，这可能跟我当初的戏剧理想有关系。我总认为一个艺术作品和艺术家，除了有教化的功能、娱乐的功能，也要有社会责任感，要对一些事情有态度，要有自我的表达。毕竟演员这个行业不能自我表达，只能通过角色来表达自己的社会态度。

我喜欢这部戏，虽然故事不是很复杂，情节是虚拟的，环境也是虚拟的，因为我们是不可能有陪审团制度的，但是它反映的问题和思考的问题是极其真实的。如果观众抱着非常娱乐的目的，或者是简单地为了看热闹而来，那么可能不会获得很大的满足。如果你看完这部电影理解或者联想到了很多电影以外的东西，那我认为就算这部戏成功了。这也是我有热情参加这部戏的一个原因。我很认同导演的创作观，他是一个很睿智的导演，虽然年龄不大（相对于我来说），但他除了体现电影的娱乐功能，同时知道自己是有责任的。

这个时代太过于娱乐了，大家的审美趋向、审美价值以及审美标准较我们那个时代已经有很大不同了。我不认为这有什么错，毕竟时代变了。但是仅仅有娱乐性也是不够的，艺术作品应该同时具有丰富性和娱乐性，观众的欣赏水平也是要通过艺术家来引导的。老百姓可以吃粗粮，但是他们也能够欣赏阳春白雪，看你给他们的是什么了。我不想仅通过表演让他们愉悦，还想成为他们的良师益友。

> **Q** 导演徐昂曾经说过，北京人艺是让其他演员害怕的团体，他们如果在一起，就会有异常强大的气场。这次演出，除了4号赵春羊是您国家话剧院的同事外，以徐昂为代表的其他十一个人都是北京人艺的艺术家。与他们合作您是否有压力？您怎样评价他们呢？

A 有流派的不同，却没有高下的区别，殊途同归，演员的终极目的就是刻画角色。

作为同行，我对北京人艺是挺崇敬的。在全国来说，北京人艺历史悠久；就编剧来说，有"郭老曹"；就导演来说，有焦俊、夏淳，还有于是之等一批老的表演艺术家。剧院整体的风格以及演员的个人魅力都足以让观众和同行倾慕，我到今天仍然这样看。虽然我对北京人艺怀有崇敬，但是和他们合作并没有什么压力。因为作为演员，我的注意力主要集中在自己的角色上。一个演员表达不成功不准确的时候，就是注意力不集中，所有的紧张和压力对我来说都是杂念。我可能比戏中大多数演员年龄还要大一些，但和他们在一起，却感觉如鱼得水。

北京人艺演员整体的风格是温良恭俭让，接纳性很强，演员都比较淡定且随和，容易给人一种安全感。如果你紧张，那就是另外一种效果了。我个人认为，演员演戏是演给对手的。你给对手提供得多，赋予得多，那么好演员也会回馈你很多，这是有默契的。我会从你的眼神和肢体中接受这种回馈，生发出更多的热情和想象力。我和北京人艺的演员合作会得到这种东西，算是一种珠联璧合，我从他们身上能够看到北京人艺的一种创作氛围。我把我能展现的和给予对方的会无保留地提供给他们，他们也接受了，我感到非常愉悦。

一个好的艺术作品或者一次好的合作，包括演员与导演的关系，对于作品的成功是非常重要的。我总跟一些导演朋友说，包括徐昂，一个导演最困难的事情是如何处理同演员的关系，这个关系是方方面面的。徐昂非常了解北京人艺的演员，对我来说，我们从前合作过《操场》。他基于对我们的了解，知道如何最大限度地调动演员的积极性和创造性。所以创造出了一个和谐的气氛，并且给每一个演员不同的鼓励，使得这个整体都能比较温和比较融洽地创作、往前走，从而最终形成一个他想要的东西。

如果其中有任何一个演员闹别扭或者对于导演的主旨不认同，都可能造成对导演意图传达的损害。影视最终的表达在导演，不管你演得多么精彩，如果导演在剪辑台上把它剪掉，大家就会无从看到你。所以有句话说，"做演员（就要）做舞台演员，做导演（就要）做影视导演"。影视导演是非常重要的。他如果想把自己表达的意涵通过演员表现出来，那就必须有一个好的态度和能力调动演员的兴趣和积极性，使他们和导演在思想上保持一致，从而把最精彩的部分展现出来。

演员是很好的演员，导演也是很聪明的导演。徐昂将来会导出很好的作品，他有巨大的能量和潜力，我很看好他。

和北京人艺的演员合作谈不上什么压力，我觉得如鱼得水，能迅速地融入他们，并且由于我就是北京人，所以饰演这个角色有得天独厚的优势。当年进入北京人艺也是我的理想，但是阴差阳错，那年北京人艺正好没有招人，于是我进了中国国家话剧院。我认为两个剧院整体的风格不一样，但是如同戏曲一样，有流派的不同，却没有高下的区别，殊途同归，最后都以刻画鲜明的角色作为演员的终极目的。

我和班赞聊过，他说北京人艺很强调一场完整的演出是一盘菜。我对这个说法是很认同的，演员之间的相处是很感性的。我和对手能不能快速融合起来，能不能快速地进入角色，我们是能感觉到的。在这部剧的创作中，我们的感觉都是很顺畅的。我们最终的目的是让一个作品完成、统一，所以不管你来自哪个单位、你是什么流派、角色创作上有什么特点，最终都要融入整体的创作气氛，有的是需要你发挥的、学习的，有的是需要你克服的，但是完成的结果就是这部戏是一盘好菜。这个说法很好，这意味着你要有牺牲、要有让步、要加强学习、要向前走、要适应对方，事实上我们也是这么做的。

那天我和徐昂聊天，他说有可能把"富二代"在杀人现场的那条线剪掉。我认为这是一个挺大胆也挺正确的决定。我很喜欢俄罗斯那版的电影，但是我觉得在如今这个时代，我们不必借助案情本身客观上的叙述来给电影加分。既然已经聚集了这么一批优秀的演员，不用别的手段，仅仅依靠自己扎实的表演征服观众、把故事讲清楚、使他们爱看，我觉得这就是最大的成功。从某种意义上来说，这也是一次巨大的冒险，如果没有足够的自信，也不敢这么做。这是我的看法，或许别的演员也有自己的看法，但是我对他这样的选择还是很赞同的。

我还有一个想法，在剪辑的时候要舍得割爱，所有影响整体节奏的、多余一点的都要剪掉。我认为艺术作品，包括电视剧和电影，很多不是在领着观众走。很多时候我们知道一，观众已经想到三四了，但还二三地这么讲着，就很没必要。像好莱坞的片子，不管是商业片还是艺术片，给你的感觉就是在不停地往前走，你不能上厕所，你得目不转睛。

我认为这个作品能够立项和有这个想法是很好的，大时代也需要一批有远见卓识的投资方和文化人来做这件事。这个社会整体的商业作品和娱乐作品，委婉地说，没有含金量，所以寿命不会长。从大处讲，这对于我们整个民族以及中国文化的传承也是没有好处的。我认为要有人做出这些探索，甚至投资方需要某种牺牲，可能票房不会像商业片那么回报丰厚，但是观众会慢慢感受到作品的力量，何况有很多大腕云集的影片也没有卖钱。我们不是仅仅为了某个演员或者导演去观看某部作品的，艺术作品好才能得到大家的认可。并且，投资方和出品方也是要有社会责任感的。如果这些都没有了，我们还剩下什么呢？

社会是往前走的，一代代人的成长需要很多影视作品，难道就让他们看着娱乐作品长大吗？我不敢想，如果只有这些作品，我们的将来会是什么样的。

导演印象

我和韩童生老师的第一次合作是《操场》这部话剧。它对我来说是一部依靠激发痛苦来获得美的作品。我可能不是一个倾向于用痛苦激发美好的创作人。我们在排那部话剧的时候，他刚刚拍完电影《梦想照进现实》。我们聊了聊，我发现他是一个把自己包裹得特别严实的人，可能因为他内心特别柔软。搞艺术的人往往这样。柔软会生发出两种情况：一种是被别人刺得连疼都不知道了；另一种是自己在外面长出一层壳，壳特别厚，厚到谁都捅不进去。我不知道自己说得是否准确，但我觉得有可能他是后者。那个时候我们没机会聊得特别深，止于玩笑，但是我有些不太甘心和他的合作只停留在飞走的那一下。

韩老师是一个表演技术非常优秀的人。演员是有一些基础技术的，比如记词、对于细节的控制和捕捉等，他都非常优秀。技巧特别好的演员有一个共性，他们一般都害怕拖累别人。但是有的时候，我觉得稍微放弃一些，甚至要给大家添点麻烦才可能收获别的东西。所以我希望韩老师能更纵容自己一点，让自己处在一种失控的状态下，刻意放开技术。类似于车漂移的瞬间，那一刹那是非常美妙的，这种美妙就来源于失控。一点点的失控，在控制之内的失控，不可怕。因为韩老师有能力完全控制自己。如果你要求一个没有控制力的人这样做，可能就真的失控了。《圣经》里有这么一句话："上帝说，我们要推小门、选窄路，带着孩提般的微笑，才能走到上帝的面前。"技术是什么呢？我觉得是"推窄门、走小路"，"孩提般的微笑"就是"放纵"。走到真相面前，这两者都是不可或缺的。

总体来说，像韩老师这样的演员在中国没有得到应有的重视。如果对"现实主义表演"这门手艺不加以保护的话，这门绝技在中国是会失传的，就像以后可能不会再有给佛像开脸的人一样。之前我们可能并不在意，但是之后，即使是你重新拿着照片，也很难再恢复这门技艺。表演的手艺不是先天的，是要经过后天培训的。"表演"这个东西是非动物性的，它完全是一种需要调动我们自己非动物性的那一面才能完成的。就是这样，它是克制、是控制，但是人的身体上还残留着动物性的记忆。一旦我们知道这个国家和社会在奖励什么、在惩罚什么，后来的人就会有意地去选择被奖励，而不会去选择被惩罚。这时，如果像韩童生老师这样的表演艺术家没有得到应得的奖励，这个问题就真的被扩大化了。

韩老师有没有得到自己应得的地位，这就关乎到导演的选择。我们究竟是选择更漂亮的、更省钱的那个，还是选更对的那个？换句话说，就是奖励和惩罚的选择。举个例子，何冰老师的儿子前段时间去参加一个英语演讲比赛，请注意，是"演讲比赛"。何冰对儿子说他很喜欢马丁·路德·金的 *I have a dream*，然后又用中文解释了一下这篇演讲的内容，*I have a dream* 是个什么样的梦想，这个梦想为什么在当时的美国不能实现。他儿子听完，确实觉得喜欢。他的竞争者是一个女孩，她完成的是一个表演，跟老师有问有答。最终结果是女孩获得了胜利。评委有三个中国人和一个美国人。美国人非常疑惑，他说这不是一场演讲比赛吗？何冰的老婆海洋女士感觉这样做是奖励了一种投机行为，依照规则去做的人反而没有得到任何奖励，那么再次面对选择时，孩子自然就会更倾向于投机的做法。海洋女士这时做了一件我认为非常棒的事情，她自己买礼物当作奖品发给儿子。她告诉儿子他就是优胜者，因为他获得的是一个演讲比赛的冠军，而那个小姑娘可能获得的是一次表演比赛的冠军。很多东西是需要奖励和惩罚的，即使不惩罚也是需要奖励的，这关乎我们社会关于"奖励"的倾斜和设置。韩童生老师无疑应该得到更多。

4号陪审员：逻辑缜密的地产老板【赵春羊饰演】

人物小传

穿着讲究的中产阶级，开了一家规模较大的房地产公司，拥有让世俗艳羡的事业和年轻漂亮的女朋友。作为先富起来的那一拨人，他包容、开明，并且认同西方的价值体系，但也有自己的烦恼。社会对于富人的偏见，对于他和小女友爱情的敌意，这一切他认为属于隐私范畴的事情，往往遭到别人不怀好意的评论。

非常认真，非常讲道理，但是因为过于认真，以至于有时候会给人冷静和冷血的感觉。所以，除了3号，他一直坚持投有罪票到最后。但是跟3号、7号、10号各有自己的心结不同，他完全出自逻辑的考量。一旦你能在逻辑层面说服他，他会真诚而平静地接受你的想法。

演员介绍

赵春羊，中国国家话剧院演员，因主演《关中往事》中罗玉璋一角而一举成名。戏路多变，尤其擅长塑造狡黠机智、极富个性的人物。代表作有电视剧《关中往事》《关中秘事》《大掌柜》《光荣大地》《地道英雄》等。

演员访谈

赵春羊——我为"高富帅"代言

Q　赵老师，您扮演的"高富帅"商人，非但没有我们印象中的张扬，反而十分内敛，还注重素养。您是如何解读这个不一般的"高富帅"商人的？包括他和小女友的关系？您扮演的不一般的"高富帅"商人有一场因受到其他十一人排挤而愤怒的情景，直指现在世人对于富人的态度。这种为"高富帅"正身的行为您认可吗？如果现实中有人这样指责您，您会以何种方式处理？

A　"高富帅"是近些年才出现的词，所涵盖的无非是两种人——一种是继承下来的，家里条件好，自己也长得帅的"富二代"；另一种则是凭借自身的能力，通过自己的努力奋斗，年纪轻轻的时候就赚到了钱。我一直有个观点，"演员是水，导演和剧本就是瓶子"，在剧本的规定情境下，做出自己的演绎。所以从这个层面上来说，4号并不能算是什么"非常规的富二代"。至于他和自己小女友的关系，在电影中，也属于自由恋爱，并没有涉及更多的特定条件。

电影中的十二个人，每个人都代表一个群体。而4号属于先富起来的一批人，因此遭到了市井或者仇富者的误解。但是4号从没有想过利用钱解决问题，而是遵守规定和大家坐在一块儿讨论。对于他的处理方式，我是认可的。在现实生活中如果遇到相似的事情，我应该也会采取相同的处理方式。

Q 您的角色注定您要与其他十一个人有着很大的疏离，在戏中不仅要与韩童生老师扮演的出租车司机保持距离，还要随时应付其他十位北京人艺演员的对手戏，这会不会让您在表演中感到孤独？您是如何化解的？

A 在这个剧本中，只有一个比较富的人，其余的都是普通阶层的人。这也算是社会的一个小缩影，因为真实的社会中也是富裕阶层的人较少。韩童生老师饰演的3号，算是身处社会底层的草根阶级。阶级不同，观点上自然会有一些差别。至于孤独感则完全没有，畏惧、压力都完全没有，所以也就无从化解。在我的表演生涯中，几乎没有出现过这种情绪。

导演印象

赵春羊是我大学时候的师兄，上学时常常在校园里见到他。那时候他很瘦，后来不知道怎么就胖起来了。我俩刚见面的时候很生分，毕竟我进学校的时候他已经快要毕业了。所以我不太清楚应该怎样和他交流，或者以什么样的姿态交流更合适。我们双方需要达成常识和通识的沟通，这需要花时间。我们排练的时间很短，只有十七天，这是在中国不管是电影还是戏剧包括电视剧都会遇到的问题。春羊师兄和我的意见有时候会发生分歧。当一个人心里不舒服的时候，拧着去做和心甘情愿是很不一样的。在和他工作时发生了很多事。我们加起来相处的时间可能只有六七天，但是彼此都非常用心地想尽快达成常识与通识的沟通。那段时间我忙于和各个演员达成共识，我忘了自己和春羊师兄该从哪儿说起，所以我们在沟通上出现了一些问题。但他是非常聪明的演员，而且手艺很精到。这时候你就会发现，现在的中国社会有一个问题，那就是往往形象一般的演员都会关注手艺，而形象好的演员就有点放弃了。因为相貌好的演员通过自己的外表或其他先天的因素不费力就会得到一些东西，而在以前的中国却不是这样的。以前不管这个演员好看与否，他都会要求自己锤炼手艺，像石晖、胡蝶、孙道临、梅兰芳、赵丹。他们同时代的那群人都会要求自己在专业上的水准和进步。现在社会却是我们有 A 就不用 B 了，社会总体的奖惩制度影响了人才选拔机制。今天，如果像何冰、韩童生、赵春羊这些优秀的演员走不到北京人艺的舞台，那会是多大的损失。

中国的艺术教育还是八股式、精英式，它不是民众式、普及式的，甚至不像日本那种一辈一辈传承的手艺式。你可以很明显地感受到，在日本什么样的演员都可以找到。你看北野武的片子，你会觉得里面有各式各样的男人。当把这些演员放到厕所里，你会觉得这是一个很现实的厕所；当把他们放到会议室，你会觉得这是一个很现实的会议室；而当把他们放到大街上的时候，你会觉得这就是大街。反观国内，那些外形格外帅气俊朗的男演员们，无论放到任何地方，都会让观众迷惑。为什么会出现这样的现象？因为那些光鲜亮丽的人是我们想象中的中国人，存在于不真实的中国镜像中，存在于一个理想国中。在这个理想国里，人人都长得漂亮，每个人都用 iPhone，人人眼中都泛着泪光、穿着名牌衣服、背着名牌包。我们不敢面对自己，不敢认真地照镜子，只敢去用美图秀秀。每个人在手机里都下载了一套美图秀秀，看着美化后的自己。这要从基础抓起，一所学校、一个教育机构应该奖励什么东西。学校这种机构，要独立于营利机构、独立于政府，要有自己学术性的选择，不要被商业所奖励。如果全是这样远离现实的人，将来的影视作品就只能用这样的演员。

另外，我不太建议表演系的文化课标准过低。一个国家的奖励机制应该是物尽其用、人尽其才，让有才能的人得到奖励，这是常识与通识。原来我们每天八点以后就会排练，一直排练到晚上十二点，现在你只能在夜店里找到这样的人了，这说明奖励的方法变了。我们所选取的演员都是应该被奖励的那批。这是一批很优秀的演员，他们不像《小时代》那样提供了一个理想国、一个仙境、一个充气娃娃，他们提供的是不能机械复制的艺术。

对于我们这种投资规模的电影来说，把这么长的时间用来排练是很不多见的。优质的排练往往会和你排练的东西本身产生一种互动的经历，你排练的经历很像你拍出东西的过程。也就是说在这个过程中我不自觉地充当了8号的角色，和这些人在对话。而赵春羊不自觉地充当了4号的角色，在不断地和我对话。如果缺少了这种对话，我们会损失很多和另外十一个人讲解的机会。我曾经有一个同学，他的口头禅是"我知道""我懂""我明白"，当一个人在说完他明白、他懂之后你还要跟他说，其实是有点不礼貌的。由于春羊师兄没有放弃和我在某些问题上的争论，导致我说了很多与别人相关的话。我们之间的说服是进一步的互相试探，争论到了后来，已经异化了。后来何冰告诉我，他们在喝酒时也聊过这个问题，赵春羊也跟他讲，最后他也会按照我的方式去做。但是如果没有这一番争论的话，有很多问题我们是没有机会去触碰的。在这个过程中有可能很多人支持我，原因在于我们争论的有些问题对于他们来说可能是不重要的。就像《十二公民》的过程一样，他们觉得争论的是很表面的、很简单的问题，于是他们开始站在8号身后，去支持8号，接受了他一些更重要的观点，并且探讨了一些平时生活中他们觉得自己已经懂了的问题。我用我和春羊师兄的关系来解释为什么后来每个人都被说服了，原因并不在于他和每个人都谈了什么，而有可能他和其中某一个人谈的非常简单，或者肤浅的争论反而影响了别人。

一个人随着年龄的增长，会越来越少地遇到和别人争执的情况。大家出于某种礼貌、尊重或者不知道什么原因，往往会放弃和你争执，你会发现特别无趣。在长时间不争执之后，忽然有个人出现并且和你争执，你会觉得很愤怒。其实这时候这个人就变老了，你在年轻的时候是不怕争论、喜欢争论的，但是随着年龄的增长，你越来越不愿意和别人争执了，这就是老了的缘故。而这个时候我遇到了一些年龄比我大，但是在心态上比我年轻的人，他们愿意跟我发生争执，并且愿意跟我探讨问题，我不能比他们更老。虽然我的工作是协调大家，但争执是让大家进步的。我们可能认为"武化"是一件坏事，但是停止"武化"意味着我们就不再进步了。"文化"使得我们在进步中付出更小的代价，"武化"则决定我们是否进步。

有的人问我《十二公民》是最后达成一致重要，还是讨论的过程重要，其实在我看来都很重要。争执让我们有进步的欲望，而坐下来谈以及达成共识意味着付出更少的代价。到最终剪辑的时候，我发现有些问题是很早之前春羊师兄跟我提过的，这些问题现在还有一些人向我提出，但是好在之前我们已经探讨过，所以再有这些疑问的时候，我不会觉得这是我们没有选择的，而是我们的某种坚持。在影片当中，8号和4号一直在争论，直到出现眼镜这个问题，4号才最终放弃原来的观点。我们可以看到班赞饰演的那个保安，在选择"无罪"这个结果时是因为敌人的敌人就是朋友，或者敌人的朋友就是敌人这样一种逻辑。而4号并没有因为对方和自己意见不同而把自己划分到另外一个阵营里去。这是很难做到的，所以4号的行为我很推崇。

整个排练过程都成了这部电影的镜像。有时候你去排一部戏，这部戏的剧本本身很糟糕，没办法成为排练的镜像，要不然就是排练得糟糕，糟糕到没办法成为剧本的镜像。如果排练很到位，文本很精彩，就很容易产生镜像，你会走上一条很有趣的路。好的作品冥冥之中会有一种力量。

5号陪审员：蹲过冤狱却依然江湖侠义的社会人士【高冬平饰演】

人物小传

    外表阴郁的中年男人，为了侄子来参加这次模拟陪审团考试。从外表上看让人有些难以接近，后背上的文身有时候会透过衬衫显现出来，让人惧怕。年少时一次偶然的街头械斗让哥哥重伤至今瘫痪在床，他也因此被误判进了监狱，经受了长达一年半的牢狱生涯。人生从此改变，他也由之前的明朗外向变得少言寡语。

    但是苦难和错误并没有使他变得偏激或者暴戾，反而更加催生了他的慎重。没有人比他更知道骤然将罪名加诸一个无辜的人身上会对这个人产生怎样的伤害，他依然是江湖侠义，疾恶如仇。

演员介绍

高冬平，北京人艺演员，代表作品有《雷雨》《北京大爷》《茶馆》《风月无边》《原野》。二〇〇九年因在电视剧《憨媳当家》中饰演吴明远而一炮走红。擅长喜剧，角色多变，非常有观众缘，深受大家喜爱。

演员访谈

高冬平——沉默的正义感

Q 您在影片中饰演的角色，似乎是十二个人里最有神秘色彩，经历最复杂的人。似乎是一个劣迹斑斑，身上写满不光彩的过去的人，因为被误判坐过牢，哥哥还因为被人捅了一刀至今瘫痪在床。反倒是这个人，很快就改变了自己的决定，支持"富二代"无罪。您是怎么理解这个人物的？

A 在这部戏之前，虽然我和徐昂同在一个单位，但是交往并不多，只有一次剧院聚餐，一大群人聚在一块喝酒，他去得晚，我真真正正地跟他打了声招呼。来到单位这么多年了，大家一直也没合作过。所以他来找我演的时候，我挺开心的，觉得这是件好事。

这个题材我很感兴趣，当时他发过来的剧本，5号的人物定位是一个曲艺演员。曲艺演员我虽然没有接触过，但是看人物的台词以及状态，离曲艺演员还是有点远的。在第一稿和第二稿的剧本中，我和王刚老师饰演的2号在开会之前还有一段水词。后来在排练的过程中，大家都给自己的角色找定位，要找一个既有普遍性又有自己特色的定位。5号因为俄罗斯那版的人物就是曲艺演员，编剧起初就定了这个职业。但是从剧本来看，这个人不太爱说话，而且他的台词也不符合一个曲艺演员的说话习惯，我觉得这不是一个说相声的人，曲艺演员的身份对他来说不太成立。

他们讨论的时候，张永强老师饰演的10号几次打断5号，而且不停地挤兑外地人。面对这个人物的时候，如果是一个曲艺演员，反应一定不会像剧本里描述的这样。全剧里面5号第一次发言的时候，是每个人依次发言，轮到他的时候，他说"我绷一会儿，下一个"。大家都说话，只有5号不说，但是到了9号发言的时候，10号又开始喋喋不休，说外地人怎样怎样。这个时候5号就跳出来了，他说"你说话客气点，外地人招你惹你了"。当一个人有这种状态顶上来的时候，他就不可能是一名曲艺演员。曲艺演员应该这样说，"哎，算了算了，咱们来聊这案子"，或者是，"咱们不进行人身攻击也不谈外地人"，用插科打诨的那种方式来打圆场。排练过程中我们会发现这个人还是有很强的正义感的。我们首先定义这个人来这里做什么。大部分人是为了自己的孩子过来的，特殊一点的有小卖铺老板、保安、一个为了孙子过来的爷爷、为老板儿子过来的保险推销员，那么他参加这次虚拟陪审团是因为孩子还是另外的原因？前面也交代过，说他哥哥被人捅了。把这个人物串联起来，再加上他的性格，不爱说话，总是非常神秘的一种状态，那我自己就做了一番联想，5号可能因为他哥被人捅了才替他的哥哥来开家长会。5号也没结婚，为什么呢，是不是进过监狱、有冤情？所以他是第一个反应过来的，认为这里面有冤情。

文身属于导演后加的，年轻的时候行侠仗义，因为某种误会进了监狱，被冤枉了。这一切背景都被虚化了，没有做得特别实，如进监狱的原因，可能和他哥哥有关，但是没有说清楚。其中有一段台词是，"诸位，我打听一下，谁在里面待过，一个人被判了八年，到了一年半的时候对他说，对不起，判错了"，一句话就把这个人给交代清楚了。他有过进监狱的经验，后背还有个文身，所以对这个人物来说，神秘感可能就在这方面。因为这个原因，这个人有正面的形象。7 号、10 号和 3 号，这三个人都坚持认为有罪，并且针对 8 号说出了好多人身攻击的话。这个时候 5 号站出来，即使不是为了主持正义，也至少是希望在讨论案件的情况下，每个人都是平等的。所以 5 号针对这三个人，与每个人都有一小段争吵。

5 号人物在前半段是不爱说话的，就是低着头听。后来突然冒出来一两句话把讨论打断的时候，大家会发现他的话是有所指的、他是有过经历的，他知道在里面会遭遇到什么。"万分之一冤案对于当事人来说就是百分之百的灾难"——这就是他坚持的观点。所以他只要觉得这个孩子有一点无罪的可能，8 号说出的合理怀疑就很能触动他。第二轮投票的时候，他实际投的还是有罪票，虽然大家都觉得是他投的，但实际上是 9 号投的。可能这个人物给人的印象越来越深刻，虽然他说出的话不像其他人那样有自己特定的专业性，比如 2 号是数学老师，6 号是医生，但他所说的话都是从"人"这个角度来说的，很有正义感。能把这个人改成这样我当时也没想到，但是我非常满意，并且非常喜欢这个角色。说出一句掷地有声的话，反而会给人留下深刻的印象。别的演员也觉得这个人物这样设置非常完整。

Q 您似乎很擅长饰演沉默中带着点狠劲的角色，比如《风语》里的孙立仁。但是在《十二公民》中有一个难点，5 号陪审员的对白不多，室内动作戏也不多，在这种情况下您要怎样来展现这个人物的性格特点呢？

A 这个人物首先话要少，他进过监狱，所以话肯定少。因为有这个背景，他特别不好意思话多，属于溜边的那种。尤其在参加大型聚会或者人多的地方，他会有点自卑。另外，他不想让人知道自己的这段历史，但是到了他真正扛不住要说话的时候，到了没有秩序的现场，他会站出来。声音不一定要大，但是眼神一定要狠，眼睛对眼睛地交流，要有一种威慑力，让人有惧怕心理。

《风语》里的孙立仁就有点这个意思，我比较喜欢这种角色，但是现在这种角色找我演的比较少，大部分是单一色调的坏人。一个人，戏也不多，没事老在旁边晃悠，轻易不说话，身上不知道带着什么家伙，会点功夫，一出手不是刀就是枪，出手就是死，是个狠角色，但是给人的印象很深刻。我喜欢这样的角色。你不能说这是一个多么坏的人，他就是有自己的立场和信仰。为了执行命令，实现自己的信仰，他不管不顾。

Q　导演徐昂还特意为您的角色加了一个背部文身，您怎么评价这个文身？您在现实中有没有遇到过这样的狠角儿？您对最近发生越来越多的暴力事件有什么看法？

A　对于我们年青一代来说，过去文身的大部分是黑帮人士或者地痞流氓，现在文身更多是一种时尚。就像刘辉，戏一结束就去文了两个，他就是喜欢。

生活当中这种事有，年轻的时候打个架、占个地，这类事情我也接触过。我十六七岁的时候就走向社会了，从一九八〇年到一九八三年就是玩，出去闯社会和大哥们玩。一九八三年开始"严打"，也就不耍了，"严打"的时候兄弟们都被抓起来了。从那之后，我就和那边脱离了。我喜欢表演，从一九八三年开始就四处考学，一九八五年考上了（北京）人艺。所以相对于别的演员，可能我接触的社会底层更多一些，生活的体悟更多一些。我明白怎么去真正塑造一个流氓和坏人，绝对不是咋咋呼呼的那种。所谓会咬人的狗不叫，会叫的狗不咬人，所以真正可怕的人是那种比较冷面的人。这就是为什么有的演员演得就比较像，像孙红雷演这种狠角色，演《征服》里的杀人犯，他不是那种嚷嚷的角色，他没表

情，完全靠眼神。而有的人一说演坏人，先把架子端起来，把胳膊架起来，这都是假的，不是真在社会上混的那种。

不过我也认为，不管演什么角色，眼神都是最重要的。比如演一个角色，有的人架势已经端起来了，咋咋呼呼的气势也做足了，但是你看他的目光，还是一种柔软的目光，那就是他还没有抓住人物的神韵。像5号这个人，不怎么说话，每说一句话声音也不高，但是从他每句话最后的一个字，从他的眼神就流露出狠意，掷地有声。演出同样一个角色，每个人的理解都不一样。

暴力事件分很多类，有国家的、民族的、信仰的，这都不同。但是对于一些不带有政治色彩和民族色彩的，都属于改革开放这么多年必须要经历的阶段。贫富分配不均，社会发展会积累各种各样的问题，也算一种正常现象。另外也因为我平时对这些问题关注得比较多，所以经常会提醒身边的朋友，多注意周围的环境，做好自身安全防护。

 导演印象

5号角色的诞生是一件很有意思的事情，在最早的剧本中他是一个非常西方化的角色。虽然在中国，我们都知道谁是穷人谁是富人，但是我们很少非常直白地去谈。我们发现这个剧本里所经历的东西与我们的社会常识是相反的，因为我们在社会上不会这么深入地和不熟悉的人交谈，不会在争吵后反而达成了共识。我们每次说完之后就结束，甚至伤害了对方。我们之所以这么做，是因为有一个"他者"。我们经常听到一个父亲打自己的儿子，他会说，"我这是为了你的将来好"。这个"你"和"将来"就是"他者"，父亲虚设了一个争气的"你"和将来的"你"。施加暴力的这一瞬间他是没有做错的。但如果我们真正地尊重对方，那么打人就是错的。我们的文明把人都异化成了某种"他者"。对一个人最大的压迫是什么？是打着"为你好"的名义压迫你。

如果我打你的这个行为可以打着他者的旗号，那么我打你便不再罪无可赦。这是中国现在社会最为核心的一个问题——"他者问题"。我们虚设了太多他者，并不尊重坐在我们面前的那个人，也不想聆听，我们不尊重个体。这部戏到最后得到谅解的原因是一种并不存在的感情——尊重。有的法律制度是宁可错杀三千，也不放过一个。有的法律制度则是宁可放过三千，也不错杀一个。这是基于我们对人的看法。面对一个生命，我们哪怕知道被他骗了，也慈爱地不愿意去伤害他。这和"一报还一报"的那种世界观是有着本质区别的。马丁·路德的新教诞生之前，基督教讲的是"一报还一报"。新教诞生之后，我们重新考虑了生命的意义，什么叫作复仇、什么叫作生命、什么叫作爱。旧约在一些问题上是很武断的，而新约把这些问题变得更模糊了。

我们说回5号的这个问题。在一九五七年版《十二怒汉》的剧本中，对5号的解释并不清晰，也没有对于这个阶层的人明确的看法。如果你把5号这个人物从原剧本中直白地翻译出来，谁都不知道会翻译成一个怎样的角色。并且，在如此戏剧性的故事和环境下，这个人物能不能塑造成功也是一个问题。更何况，创作者不能很简单地用一个我们大家都不想用的方法来描述他——他是一个穷人。在中国，大家是不承认有穷人的。在中国的文艺作品中是不存在穷人的，穷人代表你自己，而真正的穷人比这要穷，穷人是自己都看不起自己的。

如果我们现在描述一部以富人为主人公的电影，有多少人会把自己看成富人？在内心世界中，大部分国人不会把自己看作是富人。反过来再看最近一两年流行的新词"屌丝"。为什么贾樟柯的电影在中国并不受最主流观众的欢迎？因为里面的屌丝太像屌丝了，而中国主流电影里塑造出的屌丝早就已经不是屌丝了。这是一个悖论。中国电影里的屌丝要么被智慧化了，要么被神圣化了，要不然是被希望化了，总之，不是真正的屌丝。而真正去描述屌丝那个状态的电影，在中国并不受欢迎。因为在心底，大家都不希望这个人是自己。现在换回这个电影，我们把他边缘化、社会化。我们在调查之后发现，中国的入狱比例其实是不及美国的。美国由于法律制度的完善，犯罪率其实偏高，因为被设定为有罪的事多，例如一个人可能忘记给孩子付抚养费了，这就触犯了法律。在中国，一个进过监狱的人已经被边缘化了。你会发现，高晓松谈及自己的入狱经历时用的是一种美国式的描述方法。他把自己首先想象成了一个美国人。用中文思考的人很少会把这种经历当作一个玩笑，或者财富。如果你是一个母亲或者父亲，听到他用这么一种方式讲述自己在狱中的经历——他甚至在狱中开始翻译诺贝尔文学奖得主马尔克斯的作品，当你看到他谈论起这些事情的兴奋劲时，至少你是不会用"高晓松"这个人来教育自己的孩子的。你不会教育他说，像高晓松这么对待入狱的态度是对的。因为在中国，入狱就是不对。但是法律既然被制定出来了，就注定是要被违犯的。有的时候你会说你刻意做了一件违法的事，但更多时候是你不知道自己做了违犯法律的事，这是法盲。我倾向于认为百分之九十的犯罪是法盲行为，而一个国家如果导致我们经常犯罪，其实恰恰说明了这个国家法制化的程度更高。

我第一次见到高冬平的时候是很恐惧的，也就是说5号的诞生是由于我的某种恐惧，这种恐惧来源于我的某种偏见。这不是由于我真的了解他们，而仅仅出于偏见。有一天在闲聊的时候，我才发现高冬平完全不是我想象的那种人。他的内心世界居住的是一个小姑娘，一个留着刘海梳着两个小辫子的小姑娘，很纯洁、很单纯。当然了，这完全不影响他在生活中表现出很阳刚很爷们儿的那一面。这让我在排练的时候忽然想到，或许我们也应该重新认识5号这个人物。于是我就安排了一些段落让这个角色来打开自己的心房。因为自己的形象和别人对他的恐惧以及别人对他第一眼的认知，高冬平丧失了很多机会。同时也使别人少了很多机会，去明白他的内心世界里居住着这样一个梳着辫子的小姑娘。

有人问我为什么很小的时候就有抬头纹，实际上这是遗传我爸。我爸个头儿特别高，一米八六左右，脾气特别火爆，后来年纪大了就温和了很多。但是我爸年轻的时候，他在我心里还是很恐怖的。我不管在什么情况下，玩得多开心、聊得多投入，都不会忘记回头偷偷瞟一眼我爸的表情。这是我从小就养成的习惯。那天高冬平就坐在那儿，我们聊得特别开心的时候我也会回头看看他。那个时候他本来觉得没有人会去看他，我突然回头看，他完全是一个姑娘的神情。还有一天，我们一起吃饭，我把打火机忘在了餐厅。他在一旁默默地掏出了五个打火机，全是我们这群人落在那儿的。他挨个把打火机分到我们手上，谁的是哪个分得清清楚楚。我们很难把他的外表和他的内心世界对照起来。当然我们说的都是一些很表层的东西，我开始逐渐了解他了。我们可以开始沟通了，我知道什么时候他是恐惧的，什么时候他是可以放弃恐惧的。所以和 5 号的交流是一种打破我思维惯式的过程，克服不愿意观察、不愿意认识真相的惰性的过程。

如果你们见到高冬平老师的笑容，会发现那是一种很温暖的笑容。你很难想象那种表情会出现在他的脸上，他已经习惯于生活在自己的盔甲之下。有一天我们拍摄的时候，化妆师刚给他画了文身，他坐在门口晾着，有两个人站在门口探着头想往里看，他就扬起脸，随口问了句"你找谁啊"，那两个人转身就跑了。我相信这是他从小到大，用来阻断他恐惧的一种方式。或许就像我刚刚谈到的，好的剧本就是会和生活产生镜像。有一天他忽然对我说，我一哥们儿被捕了，当时我心中一惊，他的童年真的是这样的吗？冥冥之中的力量，真的很有意思。

他使我重新去思考之前的一些想法，而且之后我们在设定这个人物的时候就延续了这个思路。

6号陪审员：温和的外科医生【李光复饰演】

人物小传

北京某大型医院急诊科医生，有着丰富的临床经验。他温和、严谨、重视数据，所有的事情必须经过自己的论证才下定论，从不轻易推断。

他天性细腻敏感，而外科大夫最需要的则是冷静和严谨，6号就是这两种特质的混合。他和4号一样，关心案件本身而非自己情感在案件中的投射，在逻辑足够严密的条件下，心悦诚服地改投了无罪票。

演员介绍

李光复，北京人艺演员，国家一级演员，新中国功勋艺术家。从艺四十多年，出演多部话剧和影视剧。从《媳妇的美好年代》中的杨建华，到《吃亏是福》中的蔡师傅，李光复以他精雕细琢的专业精神，质朴鲜明的表演风格，成功塑造了一个个电视剧中的经典形象。

演员访谈

李光复——愤怒中的温和

Q 从角色来看，您好像是这十二个人里面愤怒最少、最平和的一个人，从头到尾都没有愤怒的时刻。您是怎么理解这种平和的？您在排练的时候，又是怎么把握这个人物的？尤其是，当这个人站在其余十一个愤怒的人之中，怎样才能保证这个人物不被其他带着更充沛情绪的演员淹没？

A 我觉得愤怒只是一个说法。一部戏不只是一个很简单的主题，里面包含很多内容。其中一个是对生命的尊重；再一个，是在我们所看到的表象之下有很多深刻的内涵。就像我们看到这些很不靠谱、很怪异，甚至很偏执的人在发怒，看起来似乎很突兀，但是仔细推敲，就会发现他有自己合理的内核。

我在这部戏里确实不像其他角色那么火爆。我在里面饰演一个非常冷静的角色，一开始他是很烦这几个人的。但毕竟他是一个急诊科医生，阅人无数，所以他不会一上来就很明朗、很极端或者偏执地表明自己的态度。他还是愿意试着去理解这几个人，并且想最终发现每个人秉持这种态度的原因。

郭沫若曾经写过一部戏叫作《武则天》，其中上官婉儿说，"诗无定解，要看解释者心境如何"，这其实是郭沫若借着上官婉儿说出了自己的诗论。这部戏也是这样——无定解，要看解释者的心境如何。郭沫若才说到了一个人的心境，读诗的是一个人，而如果是一部影视作品，底下坐着成百上千个观众，那么就会有成百上千个解释。个人的文化背景、人生阅历都会对解读这部作品产生影响，甚至是当天情绪有所不同也会导致他看戏的时候心境和别人不一样。有的人呢，心态可能相对平和一些，城府比较深，就像我饰演的 6 号陪审员，他看待事情的时候就会相应地冷静一些。我这个角色其实既在戏内，又在戏外。他既代表了一个观众的视角，又带有角色的视角。

剧本是有规定的，不可能每一个人上场都是很极端的。就像炒菜一样，酸甜苦辣咸，得有五味调料。有酸的就有甜的，有浓的就有淡的，没有淡就没有浓。但是即使是淡，也要鲜明。相比较那些很浓烈的角色，他反倒很鲜明。我演戏经常这样，在别的角色都很喧闹的时候，我饰演的角色反而很安静。像《媳妇的美好时代》里的父亲，《家产》里的大姐夫，在别人都闹成一团打得头破血流的时候，他一直都是温和的。温和也是一种色彩，就像愤怒也是一种色彩一样。这其实是一种区分，不是我故意要区分出来，而是编剧写角色的时候、导演设置人物的时候，这个人就是要比较冷静。

再有一个是职业决定的。他是一个符号，代表着对生命的尊重。这个角色本来设定的是一个兽医，哪怕是一条小狗，在结束它生命的时候，他都非常慎重，因为这是一条生命。后来我把这个人物给改了，改成了一个急诊科的医生。因为我曾经在急诊科待过三年，见过无数的病例，在我身边死去的人也有数千了，所以我跟导演商量了一下，就把里面的词给改了。一个人处于临床死亡状态，家人放弃治疗，这个时候怎么办，要不要尊重家属的意愿？医生是没有权力结束一个人的生命的。在要签字的时候，医生是非常纠结非常慎重的。我引申过来，匕首已经算是证据确凿了，但是在举手要定一个人有罪的时候，就像家属签字要让一个人死亡的时候一样，我觉得这个笔是非常非常重的。

医生是非常冷静的，做这个职业的人必须要冷静，尽量减少情感色彩，但是他不能没有情感。只是他自己很纠结的时候，常常不会表现出来。就像作家柳青曾经对别人说，"什么东西有水一样的外表，火一样的性格？是白酒"。医生就是这样的，他对生命的尊重、他的正义感，都是藏在内心的。

　　另外，他的职业区别于其他角色。在电影中，开出租车的、开小卖部的、受过打击的，草根比较多。相较于他们，6 号的文化程度比较高，所以他的表现形式就会更冷静一些。但如果只是表现冷静，也错了。他是非常有思想和激情的，只是由于剧本形式的原因，他不可能激情澎湃。他处在冷静、旁观、思索、斗争这样一种心态当中。角色最后完成之后，如果是这种状态，那么这个角色就算是成功了，不然就算是失败。

Q　　在这十二个陪审员中，您所饰演的 6 号和赵春羊老师饰演的 4 号都是依靠严密推理做出自己的判断，而不是仅仅依靠一时的情绪，属于相对的精英阶层，您是怎样看待这个问题的？在表演的过程中，您又是如何使得自己区别于 4 号的？

A　　对于角色我一直这样想，我一定要塑造得区别于他人。别人问过我，怎么区分我演的一系列好父亲形象，像《媳妇的美好时代》《经济适用男》《家产》《离婚前规则》，还有王海涛的《今年四十一》。我说如果你要刻意区别，那一定是在"演"。只要符合这个角色此时此刻此地的身份和行为，那演员就完成了整个角色的塑造。现在有一些演员演的痕迹特别重，毛病就在这里。刻意要区别于自己或者刻意要区别于他人，这就是在"演"。

　　徐昂在拍摄之前花了很久的时间把一个问题嚼得很透，他讲"角"和"色"。导演给你规定好"角"了，你只要完成你自己的"色"，那就一定是区别于他人的。导演像一个画家，布好局就开始着色，你只要完成好自己的那部分就够了。这部戏在拍之前我就感觉到它有一个特色，每一个角色性格都很鲜明，但是都不刻意。所以这部戏拍出来，我相信从表演上来看，都不会刻意。而且越这样，越容易完成导演的构思，越容易把观众带进来。

　　最近有一些戏虽然收视率挺高的，但演员就是在洒狗血，就是在闹。但是为什么闹，他们并没有弄清楚。有一句话说，"不会演戏的演戏，会演戏的演人"。就像一场吵架的戏，有的人会刻意地去演闹、发脾气。拿钱波饰演的7号来说，他有自己纠结的地方——他被别人看不起，但是如果一上来就片面地演那个符号，"较劲、偏执、草根"，那角色就完了。但是如果研究要演的这个人为什么会这样，他是怎么形成这种生活习惯和态度逻辑的，按照自己的逻辑走就可以。

　　没有人为了发脾气而发脾气，发脾气只是内心纠结的外化。我最近演的一部片子《正阳门下》是讲古董的，里面有一个词特别好，我就把它拿来讲表演，这个词叫作"包浆"。就像我们看这个茶海，很容易就看出来它没多少年头，但是如果你拿一个清朝的茶海，有多少人摸过它，有多少茶在里面冲刷、浸泡过，日月光华，形成的那种光泽就叫包浆。核桃有核桃的包浆、玉有玉的包浆。懂行的人根本就不用摸，一看就知道这是什么年代的。角色的包浆也是相同的。《十二公民》中的演员在角色上的完成是很好的。像韩童生老师饰演的3号出租车司机，车軲子，他所经历的生活的磨砺，最后都表现在他的态度上。态度是外化的东西，但是他内心里形成的东西会形成他的习惯。韩童生老师最后给自己设计了一个沤满了茶渍的杯子，这属于他的包浆。我饰演的6号是一个医生，医生的冷静、怀疑就是他的包浆。

　　我在医院干了三年，我见过人的喜怒哀乐都会形成我的包浆。包浆不是演出来的，是被浸泡出来的，是我的内心体验。演外化的东西是很好演的，但是就像我们做的道具，颜色是刷上去的，不是由内向外生成的。像班赞饰演的那个保安，被人瞧不起，河南农村的小伙到了首都，不用穿保安服他也是一个保安。他对别人的态度，甚至于有点小小的奴性，都是属于保安的。而我饰演的急诊科主任，虽然他在这里面没有领导任何人，但是他在急诊科里的时候是一个将军，所有人都得听他的，多少生命都掌握在他手里，这会形成他特有的自尊和气派。虽然我没有给他提供具体的戏，但是他的这种自信和审慎都会形成他与4号的不同。

Q 您作为一位知识渊博、阅历丰富的表演艺术家，如何理解这部电影所表达的东西？它与您所喜欢的《哗变》中的法庭戏最大的分别是什么？

A 所谓法庭戏，只是一个载体。就像行业剧，我们也见过医院戏。但是医院戏只是表现医院吗？只表现医生吗？像法庭戏是表现法官，还是表现原告、被告，抑或他们争论的内容，都是各不相同的。所以法庭戏只是一个载体，承载了这部戏所要表达的思想和主题。

这部戏表现的是一个模拟法庭，和《哗变》真正的法庭是不同的，它们所要表达的东西也是不同的。《哗变》得过普利策奖，要表现的东西很深刻。但是你要说《哗变》表现的东西是什么，又很难用语言去概括。但是里面有几个角色，包括船长魁格、律师冯瑞克，他们的理念以及支撑他们的人生哲学是和别人不一样的，是独特的。

我觉得对一部作品来说，很重要的一点是不要有过于鲜明的主题。我们现在教孩子写文章的时候老是说，主题一定要鲜明。但是就像我刚刚所说的"诗无定解，要看解释者心境如何"，一个主题是不适合过于鲜明的，你要冷静地回归事物的本来状态。但是这又存在一个悖论，事物的本来状态是不可能回归的，我们只能尽量去接近真相。

 **导演印象**

　　光复老师来的时候有些仓促，所以想融入这个角色可能就有些困难。他演一个医生，并且词也不多，换做任何一个人来演，可能都是比较难。如果戏很多的话，可以展示给观众你的两面、三面、很多个侧面，戏少时就比较麻烦了。

　　我们通常在银幕上很少见到不像大夫的大夫。大家都很习惯于依赖一些大夫特有的职业特点，所以他的角色想演出一种不一样的方式是很困难的，但是他依然给我们带来了一些不一样的东西。有一天，他给我们讲了一个故事，是关于小猴子和自己儿子的，这个故事我就不多做赘述了，但是它让我找到了一些关于 7 号和 10 号的东西。7 号和 10 号其实是一种人，只不过 7 号身上世俗的东西更多一些，10 号身上偏见的东西更多一些。

7号陪审员：烦躁的小卖部老板【钱波饰演】

人物小传

　　小本经营的小卖部老板。原本小卖部正对着政法大学的校门，现在学校想把校门挪到南边，他为了能够重新占个好位置，每天往学校管事老师那里跑。正巧学校需要一些人配合完成西法课补考的模拟庭审，他忙不迭地就赶了过来。管事的李老师给他派了任务，让他招待好这些过来配合补考的家长们。他心里始终带着情绪，残酷的现实把他打磨得冷漠而自私，他对"富二代"的不满就是他对社会的不满，其实他根本不关心这件事，就像他认为周围的人都对他漠不关心一样。

演员介绍

　　钱波，北京人艺演员，曾在电视剧《茶馆》中演活唐铁嘴一角而大获好评，在二〇一三年中央电视台开年大剧《全家福》中成功塑造跨越六十年的风水先生萧益土而再次体现出深厚的表演功底。他的表演细腻丰富，形象生动，曾在电影《梅兰芳》《无极》等众多影视作品中塑造了鲜活立体的抢眼小人物。

演员访谈

钱波——绿叶是如何抢戏的

Q 如果在角色定位上，韩童生老师的角色是愤怒，那您的角色就是嬉闹，几次讨论都是在您的煽风点火下才变得激烈起来。虽然角色看起来不是那么重要，但没有您这片绿叶，很大程度上这个陪审团会议是怒不起来的。您如何解读自己这片绿叶？他是一个糊涂人装明白，还是一个明白人装糊涂？

A 我演的 7 号陪审员自称"老北京"，在大学门口开了个小卖部，小本经营，饱受歧视，含辛茹苦。从北京郊区门头沟进城谋生，一是为了养家糊口，二是为了当回正宗的北京人。为了小买卖，他不得不迎合校方。这次也是被抓壮丁似的揪来凑数，表面假装积极参与，心里却巴不得讨论赶紧结束，因为他已经两天没开张了！他在讨论中的嬉闹与煽风点火，都是为了尽快搅和出个结果，好向校方交差。他对法律的理解是杀人偿命、偷东西剁手，没必要讨论，瞎耽误工夫。然而，就在他玩世不恭地嬉笑怒骂时，却无意中触及、启动了自己内心深处的开关。他和那个保安（11 号陪审员）成为"天敌"是有原因的，他不能忍受连北京人以外的人都看不起他。他有一肚子苦水，他的心总在呐喊"凭什么啊"。通过这场艰难的讨论，他和其他十一个陪审员一样正视了自我，洗涤了灵魂，升华了情操。很难说他装糊涂还是装明白，也许糊涂人加上明白人，就等于人了吧。红花与绿叶是相互衬托、相辅相成的关系，创作上和生活中都是如此。

另外，专业演员都知道，戏是抢不来的，也是不会被抢走的。只要你有，戏准是你的。但如果你没有或者不够，戏就自然转到对手身上了。当然，那种瞎搅和、哗众取宠，甚至窃取对手创意的人除外，那不是专业演员。

Q 在电影即将结束的时候，有一个充满调度感的长镜头。其中有您摔倒的场景，听说为了让整个镜头和谐，您前前后后摔了十几次，这是真的吗？当时具体的情形是怎样的？何冰老师评价您，说您拍戏的时候有一种拼命的势头，这是一种技巧以外的精神，让他非常敬佩。您怎么解读这句话？这种精神和您的表演观有什么联系吗？

A "戏"这个字，繁体字虽然由"虚""戈"构成，但演起来你还得"真刀真枪"地干。演员最重要的素质就是"真"，真实的表演，才能真正打动观众，这是任何技巧所无法代替的，或者说真到极致才是最高的技巧。小的真实往往会诱发大的真实，只有以真为本，才谈得上去创造人物。一九八一年我考进北京人艺时，老师们在表演课上反复强调的也是"真实"二字，告诫我们不要急于求成地想学得多么会演，首先要培养对真假表演的辨别能力，引导我们追求最高境界的真实，唾弃任何形式的虚假。这种家教，至今影响着我。本片结尾时有个很长的运动镜头，结构严谨，寓意深刻。动与静，快与慢，音乐般的节奏，雕塑般的造型……需要二十多位演员的密切配合才能完成。其实，我那是第一次骑电动车，还要拍我骑车急速穿过人群后突然摔倒在一摊水上的镜头，心里不怵那是假话。实拍时，虽然没有一次是因为我不到位，但还是拍了十几条，摔了十几回，直到导演满意为止。我也摔出了一种成就感，因为那是杀青前的最后一个镜头……

导演印象

我个人很喜欢 7 号的造型。我小的时候对小商贩的概念就是这样。我可以闻到他们身上熟悉的味道，混合着烟、油腻，我第一眼看到就会觉得认识他们。中戏门口常常会有这种人，有一种小卖部大哥的感觉，让人一看就觉得特别会生存，到哪儿都不会让你觉得亏待了自己。我们生活中经常会碰见这种人。他们生活得特别顽强。每个人都有支撑他活下去的东西，我个人认为这就是一种不认——不认账、不认现在的现状，这其实是人可以战胜神的原因。

小时候我爸还在国营企业工作的时候，有一个姓杨的叔叔，大家都叫他大头。我对他的印象只停留在冬天。他是一个工会的干事，专门负责分发东西。杨叔叔满头卷儿、指甲里常年有排骨里的油，戴了一副茶色的眼镜，那眼镜不知道是被烟熏成那样，还是本来就是那样，穿一件像飞行员一样的毛领子皮夹克，再骑一个挎斗摩托，手里拿一手包，就好像老子刚刚收完电费似的那种姿态。杨叔叔人非常可爱，非常会聊天，也很会博取大家的欢心。我能感觉出来他和我爸关系特好，他人也特好，但是我就是不喜欢他——因为我觉得他特别的"俗"。我也不知道打哪儿学会的那个词，但是这就是当时他给我的感觉——世俗。我从心眼里瞧不上他，后来知道了他们家发生的一件事，我才开始重新看待他，重新看待俗与不俗这件事，这是后话。我写 3 号的台词，里面有一句"……说我市侩……"这是因为有一天我去朋友家，朋友说他姑姑的孩子自杀未遂。那孩子本来是想在全家人的饺子馅里下毒的，已经下了，但是用了类似于毒鼠强的毒药，有一种特别浓的化学味。他们当时就把那饺子馅留下来了，想让我闻闻。

我去跟那个小孩说话的时候，她刚上初中吧，很小。那时候我还在念大学，但是她见我觉得我是大人。她对我说，"你们特别俗，你知道吗，就为了点钱"。我当时心里一震，忽然觉得自己就变成了那个指甲缝里有猪油的杨叔叔，脖子上油然而生一圈大毛领。我忽然明白了原来小的时候是这么误会杨叔叔的。因为我当时什么都没干，只是替家里人和她聊聊而已。我想，可能我也是这么看待别人的。所以在面对 7 号和 10 号的问题上，我是带着某种愧疚在看他们。

10 号让我想起那种砸日本车的人。在北京国安的主场经常会听到谩骂的声音，这让人很不舒服。我是北京人，但是很多人印象里的北京人都是一种带有地域歧视和血统优越感的人。当然我不能说自己身上一点这样的东西都没有，我可能也有，但是矛盾就在于不断地瞧不起自己，却觉得自己是没办法割裂和分裂的。在面对他们两个人的时候，我就是会有这样一种说不清楚的感觉。就像我在面对南京朋友的时候，我可能不得不变成一个民族主义者，因为在他们面前是没有办法表现自己的豁达的。

在中国，还会经常发生一种极端的状态，那就是群体情绪动不动就被点燃。尤其是当你在赛场的时候，你会觉得那种情绪被点燃的面积之大、速度之快是很恐怖的。我和关系很好的一个朋友一起去国安的主场看球。两队的队员入场，客场先入场，主场再入场。客场入场的时候，不管是谁，只要上场，台下就异口同声地骂"傻×"。上一个喊一个，可能他们也是一种"文化"，我仅仅用表面的概念，实际上这是一种"武化"。他们有一套自己的系统，什么时候骂什么时候停。我这个朋友突然变得很开心，因为他发现原来骂人在这里是正当化的。他就跟着一起骂，骂教练傻×，骂队员傻×。接下来出现的是队医，大家都不骂了，但是他不知道，就他一个人在满场的观众当中扯着脖子喊傻×。这个时候所有观众都笑了，因为在这一瞬间他变成了一个傻×。但是在大家都是傻×的时候大家怎么都不知道呢？当然我在里面即使不喊可能也是傻×。这是一种很有意思的情感。这种"正常"或者"不正常"是非常复杂的，你不能简单地用一句话来描述它，就像我不能用一句话来描述我拍这部电影的原因似的。这是一种复杂情感，而不是一种简单情感。

8号实际上要面对这么多复杂情感，他不能像个医生一样告诉他们"这些情感是对的，那些情感是错的"。因为情感是不可能被区分出正确与否的，而且情感是可以隐藏起来的。我们现在是可以将其外化并且有条理地梳理，我们哪些情感是第一时间就可以放弃的，哪些情感是第二时间可以放弃的，哪些情感是根本放弃不了的。这就像有一天我和陈威（副导演之一）在去现场的路上，当时我正生病，突然之间想到一个比较简单的办法来描述这部戏。我们所看到的这部电影，其实描述的是最后的晚餐。最后的晚餐中一共有十三个人，而我们这个片子只有十二个人，有一个人缺席了，缺席的那个人是上帝。现在这个片子描写的是上帝死了还没有活过来的时候这些门徒的场景。我们会在里面发现犹大，也会在里面发现上帝最爱的那个门徒约翰。8号是上帝最爱的门徒，他是真正相信上帝的人。剩下的十一个人其实都不相信，包括犹大在内。但最后谁是上帝呢？我觉得那个孩子是上帝，那个"富二代"，信与不信都加诸他身上，然后再考验大家。这个时候上帝不是缺席的，就像《圣经》里经常说的一句话——上帝与你们同在。他无处不在、无所不能，他不断地幻化成各种人的面貌和你们说话。8号并不总是上帝的代言人、化身，有的时候是9号、7号甚至10号的某些话，在某一个瞬间都会交替地成为上帝本人，这是我认为这部戏的美妙之处。当然，如果想画好这幅画，我们就必须去临摹一些最精确的形象以完成非常概念化的总体作品，就像达芬奇当年去市场上临摹那些人一样，因为他的总体构图是非常概念化的。如果人物也是概念化的，就会使文艺复兴前的艺术家们犯错误：越是概念化的东西，越用概念化的手法来表现。文艺复兴提供了一种方式，在构图上用的是完全概念化的设想，但在内部构造上用的完全是解剖学、是观察和临摹。好莱坞的剧作法是真正地从框架冲淡开始的，所谓框架冲淡，就是如果我们接下来再写任何一部电影，你可以从细节入手，但是我会从《圣经》里找一个故事，将它翻译成中国的故事。

中国创作一直讲从生活中创作和萃取，但是西方恰恰相反，他们是从《圣经》故事上往下冲淡的。因为《圣经》一定是讲理的，它向你推销的是道，你不需要去想这个东西提供的是什么道，它已经存在了，你只需要去坐实一点，把细节做丰富了。中国人总是在细节上纠结，总想在细节上拔高以及寻找意义。但是一开始的框架就是错的，这也是为什么中国诞生不了好作品，或者说质量差、数量少、需要等待、偶然性大的原因。西方大量故事讲得好的作品，总是能讲出一个道理，就是因为他们是从一个标准框架出发的，这个框架就是《圣经》。那为什么是《圣经》而不是佛经呢？因为"佛"的意思就是"非人"，佛经讲的是来世，也就是死了以后的事情，所以它不容易往下解构。而《圣经》讲的是人活着的故事，相对来说就容易解构一些。中国比较容易写的故事都是道教的，但是这又涉及另外一个问题，道教太为人服务了。而中国的道教又不是纯粹的道，它讲的是一个人如何得道成仙，这属于术的范畴。

什么样的道容易变成术呢？我们都以为道是一样的，其实是很不同的。比如你给一个具有高中文化的人《圣经》和佛经，他会首先选《圣经》，因为佛经太难读了。而如果把《圣经》和《古兰经》放到一起，先被读完的可能就是《古兰经》了。我们都希望这个世界的道是相同的、相通的，最后使我们殊途同归。你觉得中国人真的能跟美国人聊通吗？其实是聊不通的。

哪个道更简单，更容易在一两个小时之内被人了解呢？可能是基督教。其实我并不信仰基督教，只是我觉得它非常容易传播。佛教告诉人的是，你做得还不够，还得修，告诉你需要谦逊，而谦逊是最无用的。骄傲甚至都有用，通过禁断的方式获得，跟通过获得方式禁断，是很不一样的。在承认我们是人的情况下，我们对自己进行某些约束，我觉得这是比较健康的。戒断一切，让自己变得不像人，我觉得这就过于苛刻了。

8 号陪审员：理智与情感兼具的检察官陆刚【何冰饰演】

人物小传

北京市检察院的一名资深公诉人，主诉检察官。长期的职业生涯使他养成了合理怀疑的态度。他从不轻易认定某事，也不戴着有色眼镜观察事物，而是理性地分析，合理怀疑，大胆假设，小心求证，兼具理智与情感。

他凭借着强大的逻辑能力和推理能力，一步步抽丝剥茧，说服了其余十一位陪审员，证明了法律的尊严和价值。

演员介绍

何冰，北京人艺演员，国家一级演员。一九九九年曾获第十六届中国戏剧梅花奖，二〇〇四年二度荣获该奖。他演绎的一些京味儿十足的小人物让人印象深刻，曾出演《喜剧的忧伤》《茶馆》《大将军寇流兰》等话剧。他是新生代中的演技派代表，表演热情洋溢，爆发力强，善于塑造人物和演绎激情，是同辈演员中最具实力的人物。他在喜剧方面同样具有过人的天赋和经验，有深刻理解幽默和时刻把握观众的能力。电视剧代表作有《浪漫的事》《大宋提刑官》《空镜子》等；电影代表作有《甲方乙方》《没完没了》。

演员访谈

何冰——知道自己要的是什么

Q 　众所周知，《喜剧的忧伤》是难度特别大的对手戏，您在采访中多次提到排练时吃尽苦头。而这次您选择了难度更大的十二个人的群手戏。促使您这种自虐式选戏的理由是什么？另外，您对这两出戏的始作俑者——导演徐昂，有什么话要说？

A 　所谓的自虐式选戏，是和徐昂导演拿给我的两个剧本有很大关系。这两个剧本本身难度系数都很高，而且同时又包含了大量的观点。好的剧本本身是具有语言的；而且徐昂作为年轻的导演，也有自己独特的主张。我们在日常生活中经常交流彼此对戏剧的看法。据我的观察，徐昂的剧本台词都非常深邃。在第一遍读剧本的时候，我经常感觉眼前氤氲缭绕，但是又能体会到在薄烟的背后有巍峨葱郁的高山。这就是徐昂导演戏剧表达的特点。徐昂导演希望还原生活，用贴近生活的表象去诉说，用让大家认得出和非常熟知的事物去表达。然后，在这层表象之下阐述他作为导演的核心观点。核心观点不能随随便便地表达出来。如果核心观点这么轻易地表露，那就不是戏剧了。

　《喜剧的忧伤》最典型。最开始大家排练的时候，每个人都没抓住感觉。但是徐昂作为导演，一直都有非常坚定和明确的戏剧目的。排练《喜剧的忧伤》，就是一个拨云见日的过程。"拨云"是个非常繁复的过程，需要演员们在表象下把本质看清楚。这个过程很辛苦。演员们每一次复排都是精神高度集中的状态，并且在过程中相互配合、充满耐心和毅力。徐昂很喜欢把这段经历比喻成踢球，球场上巴萨之所以踢得好，就是因为他们不厌其烦地坚持。如果有一天我们要把《十二公民》排成话剧，到时候又是一个艰苦的过程了。

戏剧往简单里说就是一条主线，通常编剧想说的话就那么几句，但是徐昂并不是这样。我觉得这是徐昂作为一个编剧和导演最棒的地方。我想对徐昂说"非常感谢"——这是我曾经在私底下说过的很闷骚但又最发自内心的一句话。当一个人想真诚地说一句话的时候，每一个字都承载着浓浓的情感。我说带给一个演员好剧本的人，一定是天使。徐昂已经两次拿给我好剧本了。这两个剧本不是侧重"名"和"利"。演完《喜剧的忧伤》并不能说明我成为一个多么出名的演员，也不是说演完《十二公民》就能带来多少票房红利。这两个剧本和这些都没有关系。徐昂导的这两部戏带给我最直接的是我对戏剧创作的满足感，这两部作品完全可以承担我对表演的热爱。

《十二公民》的剧本不简单，我相信很多人第一次读的时候都会感觉到困难，包括演员在内。其实这就是我刚才说的，演员还没能拨云见日。这时候导演完全可以把剧本操作得更复杂。有些导演可能会想："来吧！你们都是我的表演素材，都听我的吧。"但是徐昂不这样想，他非常尊重和依赖表演。在这一点上，我们两个人的理解是非常一致的。否则要演员做什么？要导演做什么？既然这两个专业分别传下来，就说明每一个方向都有自己独有的领域。我们没听过哪部戏不要导演，两个演员就把戏给导了的，反之亦然。戏剧说到最后，最本质的地方，其实还是"表演的艺术"。徐昂是如此地依赖表演，如此地尊重表演。正确的成功方式就是这样。除此之外，徐昂身上还有一个极好的优点。他并不在一开始就设立一个彼岸，再明确地告诉演员们这个彼岸是什么。徐昂选择和我们一起去看看那个"彼岸"到底是什么风景。即使演员做不到他也不为难，因为他知道那样做是不科学的。人都要彼此尊重。徐昂不会因为演员不能做到而嘲笑他们，或者厌弃他们。他在导演手段的表现上，远远超越他年龄的成熟。这又需要三方面的支持，第一，他知道这个东西的不确定性；第二，他了解演员；第三，他从未给自己设置过一个标准答案。在数学上，1+1=2；在艺术创作上，$1+1 \approx 184$。比如，两个不认识的人第一次交谈一定是从彼此的客套开始，然后逐渐接近谈话主题，一直到最后谈话结束。谈话一定是要有一个结果或答案的。但是这个结果一定就是提前预设好才是对的吗？答案一定是否定的。得到这个结果的途中，路径是规划好的，这个路径中，结果却不是唯一的。在这个过程中，徐昂是搀扶着演员、依赖着演员、诱导着演员、帮助着演员，去设计自己的道路，一步步地走到那个最终点的。语言这东西本身就暧昧不清。演员尊重文字、导演尊重表演，任何一方都不能强行要求对方一定要按照自己的路径来。我觉得作为导演，能做到这一点是非常难得的，更何况还需要不厌其烦地跟十二位演员阐述。在我们排练的那段时间，徐昂经常把同样的事情讲个七八十遍。

徐昂还让我想起很多我记忆中的东西。人的年龄渐长之后，被生活、被惯性带得就会忘记很多好的习惯和理念。认认真真、扎扎实实地去做事情，这是我们从小被教导的，可是日子一长人就会忘记。窃以为自己是读剧本的高手，没想到徐昂读剧本更加深刻，而且还拥有比演员更宏观的角度。对于演员，看剧本的时候会潜意识地开始角色代入，一边看自己就一边演起来了。徐昂却非常冷静，他身上体现的是北京人艺一贯的做事风格。

我非常喜欢徐昂导演。我并不是要把所有的溢美之词往他身上堆。徐昂经常说自己只是做了一些本本分分的事情，徐昂的老师就是这么教他的，然后他也是这么遵循老师的指导踏踏实实地做工作——读剧本、分析人物。最朴素的还是那句老话——"演员活在导演身上，导演死在演员手里。"戏剧学院就是这么教的，他并没有冲上前去。因为导演是可以演的，尤其是电影、话剧这些有艺术形式的表达。有艺术形式的东西，创作者都是可以参与表演的。有的电影拍得非常花哨，那就是导演在演。而徐昂排戏是很本分的，规规矩矩地让演员去演，他来帮助演员编织框架、遴选美学形式、排演调度、分析人物、分析剧本。徐昂做的就是这些辅助性的工作。话剧《喜剧的忧伤》轮演的时候，陈道明老师和我每天晚上都能收到雷鸣般的掌声。观众在肯定我们的时候却很少有人会记得话剧后的导演。有谁还记得这个三十五岁的小伙子呢？没有人记得。当然，当观众被演员所渲染起来的热情退却后，才会意识到背后的舵手——导演。这时候徐昂才被人记起来。但是徐昂安于这一切——这就是我想对他说的，他是一个非常棒的导演。能做到这点很不容易，尤其是在如今比较纷繁复杂的情况下，有哪个导演不愿意冲上去演？但是徐昂认得清这个艺术形式，他不做这些耍滑头的事情。他开门开得正，开手开得直，他和先生学的时候学得很正，没有歪曲的理解。另外，徐昂的内心是善良的。所以我前面才说，能把《喜剧的忧伤》和《十二公民》这两部剧带给我的人，是天使。

Q 　　戏里您是个在工作和生活中有着各种困惑的检察官，戏外您是个能够始终保持乐观豁达的艺术家。戏里戏外，您如何理解四十岁男人的惑与不惑？

A 　我四十岁那年，生命受到一次很大的冲击。很多问题突然间毫无征兆地就来到了我的面前，这是我之前从未想过的。人在四十岁的时候真的会想到"生死"的问题，原本看上去很遥远的事情，我发现其实已经不遥远了。再者，你身边开始出现一些不良提醒，有些人已经掉队了。昨天大家还在排着队往前走呢，今天他就消失了。我们送走他，然后还要继续跟着大部队往前走，但是心情已经完全不一样了。这两年，这类事情发生了很多。

人到四十，我一直认为自己属于"不惑"的那类人，因为我心里大概对两个问题有一定的了解和感悟。人的生活无非就是两块，一块是工作，一块是家庭生活。只要弄清楚目标、知道自己在这两块的终极状态是什么，就应该不会迷惑。做一个本本分分的、与世界无害、不让世界操心的人，不给世界添麻烦，就是我的终极目标。不敢说能做什么好事，但至少不做对这个社会有害的事，大家安静地过完这一生，仅此而已。听起来特别消极，但事实上还蛮积极的。

我原来一直以为在事业上我会困惑，以为演艺事业会让我烦恼，结果我发现这个困扰对于我来说并不存在。其实说到最后，做演员只是我的工作，是我换取生活资料的一个手段。我干这份工作，拿这份工资，回家养活老婆孩子。其实话说到这儿就完了，但是由于人内心有梦，由于人太愿意夸大自己、不太面对现实，由于种种种种，我们心头就会变成乱糟糟的一团。这高度本身并不存在。如果非用这些词的话，我们都不是真正对人类历史有杰出贡献的人。在时下的社会里，人非常容易妄自尊大，自我膨胀之后可能就会想，"没有我，这8号评审员谁演啊"。但是实际上，没你这电影还能不拍了呀。人会这么想，全都因为是以自我为核心，完全从自我出发。你到底重不重要，我们其实可以用一个最简单的公式换算出来。我们这边放一个标的物叫"演艺事业"，名利、成功、光彩等一堆东西放在这儿，看看你愿意用什么东西来交换它。生命你愿意交换吗？身体健康你愿意交换吗？家人你愿意交换吗？显然这三项你都不换。现在的社会我们早就不谈什么"热爱"了，这个东西太虚幻，更不要说"信仰"。如果一个人万一真的有"信仰"呢？那"信仰"换不换？显而易见，答案依旧是否定的。生命你不换、家人你不换、健康你不换、信仰你不换，可见这个东西并不重要。如果它真的重要，那就应该无法取代，这就是我的"不惑"。

我知道什么东西是不能拿出来进行交换的。名利这东西不是白来的，它会占据你的时间，甚至是你的心灵和情感。问到这儿的时候人会问出自己内心深处的自私来，会问出一个真实的自我来。面对这些抉择，我的答案是"不"。我知道一分付出一分收获，如果拿出更多的时间去做那些事，没问题，鲜花掌声确实会比现在还多，但是家庭生活这块怎么办，就这么两块。一个东西排到第四样第五样，这东西就不是太重要了，生命中比较重要的东西是前三样。更何况我还没说那些我们无论如何都放弃不了的东西，比如坚持、原则。每个人都是有原则的，原则就是原则，不分好坏。我们只能在内心去寻找自己，这就是寻找自己的过程。我们的时间很有限，这是一个绝对成本。每个人的时间就这些，你拿时间做什么呢？我有孩子你知道吗？孩子蹭蹭蹭地往上长，这是很明晰的一个东西。一个男孩，九岁，我再算，到了十五岁，他也会离开我。我手头现在就四五年了。等他再回到我身边的时候，恐怕要等到他三十岁。每个男孩都这样，能回来就算不错的。我当年抱在手心的这团小肉长成这样了，要远离我了。这不是失望，不是伤心，这是事实。好吧，我现在拿出时间来干什么呢？是拿出来拍电视剧，还是和他在一起？根本不用过多思考，我的选择一定是陪儿子成长。我知道可以和很多人一样，两面兼顾。但是我想来想去感觉还是不行，不能在所谓的"演艺事业"方面再投入更多了，因为时间就在这儿摆着，我拍了四个月的电视剧，他也长了四个月。在我不能陪伴他的时候，他不是不成长了，而是悄然地变化着。这是我在今年，四十五岁之后的不惑。我知道我要的是什么。

人就是喜欢鲜花掌声的，我也喜欢别人冲我鼓掌。如果没有，也不是人生的失败，人生还有其他美丽的风景。有就享受它，绝不可过分贪婪。

Q 这一次出演人民检察官对您最大的挑战是什么？曾经出演过《大宋提刑官》的您，再次演绎国家公务员，有没有什么特别的心得？

A 如果提到《大宋提刑官》和《十二公民》两部戏之间的联系，相同点就是司法代言人。我愿意演这个角色、接受这个挑战，是因为我内心有追求公正公平的愿望。

我自己经常被不公平不公正的事情伤害，见到别人遇到不公平不公正的事情心里就很有挫败感。我渴望公平。当然我不知道自己做到了什么程度，但我尽可能地在生活中、在所能触及的事情里不多吃多占，而且我基本认为自己已经做到了。

　　像我们在文化事业单位工作，难免会出现一些傲慢无礼、不尊重不对等，还有一些对别人的伤害。其实我们只是用了一个非常可怜的资源，那就是"年龄"。有些不公平的事情发生只是因为在这个行业中工作的时间比较长。一个人不能随便告诉别人戏不能这么演，这是绝对不可以的。我从来没有这样对年轻人说过。我经常为他们提供帮助，但我会告诉他们，在他们面前的只是一个比他们岁数大一点的演员，可千万别觉得他是一个表演真理的掌握者。并不是我说什么都是对的，不可能，新演员该怎么来就怎么来。

　　其实在日常生活中，我已经是获得比较多的那一类人了。但是有的时候还是会怨天尤人，是不是上帝给我太少了，这就是人，人都是贪婪的。有贪婪的东西在里面，但是每到有这种角色，这种角色不就是在说公道话吗。演这种角色的时候，我内心被一种很美好的感情支持着。就好像你在车上给一个老人让了座，你让座的时候好像脸上是没有什么的，你心里却充盈着一种美好的感情。

Q 　　如果用一种简单的关系或者方式来形容你们这十二位优秀演员，您会怎么评价？这个问题刚刚问过导演，也希望听到何老师的评价。

A 　　这十二位演员实在太可爱了，这个班子搭得非常理想。谈到这个问题我们又得回到徐昂导演身上。在选演员这个问题上，他确实在电影开拍前就和我商量过。这个商量绝不是说征得我的同意。第一，我没有这个权利；第二，导演没有这个义务。而且他找我商量也主要是在颜色配比上。徐昂和我一起展开想象，这十二个人搁在一起好不好看、他们的表演特征是什么、这群人在一起到底能不能形成一种极具吸引力的戏剧张力。

我们十二个人心中还是保有纯真的，尤其是徐小平老师来看戏的那天。当知道徐老师看完拍片现场后盛赞，我们十二位演员心里都非常感动和开心。而且徐老师的反应让我们相信《十二公民》这部电影是非常具有水准的。除此之外，我们十二个人保有纯真，是因为如果内心没有住着一个单纯的孩子的话，《十二公民》这部戏就很难完成。我们通常看到的戏剧，一般情况下是一生一旦，也就是一对男女主角。又或者是双生双旦，男主演、女主演后面加一个女二号、男二号，男二号身上通常有喜剧色彩，如果女一号贤淑，女二号必须泼辣。这类戏剧对于演员来说相对容易完成，只要抓住主线，表演起来就非常顺畅。但《十二公民》不是，这部电影充满着十二个人的众生相。这样的群戏对于导演、对于演员来说都颇具难度。

首先我必须说，徐昂导演在识人上很准确，几乎达到了百分之百的正确，这是很难的。一旦在这部剧里出现了自私的小孩，那这个游戏就做不成了。即使导演可以剪辑，也已经很被动了，这个游戏一定做不好。在协同合作和赤子之心这个问题面前，你会发现所有的表演技巧，甚至是表演这门手艺都不重要了。

举个例子，当你会写字、会基本行文的时候，一篇文章对你的要求一定是你内心的赤诚，而不是你的文学技巧。当你很诚恳地写出内心的感受和文字时，你会发现，哪怕技巧很差，写出来都是很动人的。"表演技巧已经不重要了"——这是我们十二位演员的共识。如果大家连这点共识都没有达成的话，那就太遗憾了。《十二公民》这部电影完全没有别的炫耀手段，它既不上床又不打枪，甚至连个女演员都没有，实在是没有什么惹人眼球的地方。但是这部电影形成了一股最壮大的力量，十二个演员的力量。这股力量很大，但是绝对不能掺杂小心眼。在这一点上，我们这十二个人都做得很好，我是毫不谦虚并且非常骄傲地讲出来的。我们之前排练的日子，几乎不敢想象再来一回，这是非常珍贵的经验。十二个男性，都有自尊心，都有观点，而且即使我们没有小心眼，也会因为观点不同而杠起来不相上下。这些分歧完全不是针对个人的偏见，而真的是某一刻对剧本对表演的理解不同。对于表演，我一直认为应该从两个方面谈，一个是表演技术，一个是演员为人。在人面前，技术不重要。谁的技术好一点、谁的经验丰富一点，这并不能从根本上决定一个演员表演的好与坏。演员在表演中毫无杂言的创作品质，才是最难得最宝贵的。

笼统地说，这十二个纯真的孩子凑到一起，不会把导演逼到一个很被动的地方。剪子在他手里，他可以不要这个、不要那个。但是剪辑，只能剪不能加，这些演员眼睛里闪烁的那个光芒，是不是真的把心思全部放在戏剧上，是什么都掩饰不了的。导演只能去掉一些瑕疵，但是十二个人心都在戏上、都在表演上是非常难得的。我都不敢想象是不是能有下一回。道理总是讲起来很简单，只不过演变成了种种形式之后，我们就很难认出它的原貌了。所以我总是在说，演员可以做到这一点有多么难得。

比如我们剧院有个演员叫濮存昕，我就不愿意谈他的技巧。但其实濮存昕的表演技巧是炉火纯青的。我在台底下看戏的时候，尤其是隔一段时间看他的表演，他带给我最大冲击的永远不单单是技巧，更多的是他对表演的真诚和对戏剧更深层次的理解。尽管我有的时候经常会和他拌嘴，但我们是非常好的朋友。濮存昕带给北京人艺舞台的是一种信任感。当一个陌生的观众坐在剧场里看到他上去表演的时候，就会马上对这个剧院有了一种信任。濮存昕是一个内心温暖诚恳的人，这是扔不掉的，即使想装成一个坏蛋都装不了。我举这个例子，就是想说明我们这次表演成功最重要的原因在于这十二位演员。我可以简单地举一两个极端的例子，比如4号赵春羊，他是我请来的。在整个电影彩排的过程中，他是非常杠头的一个人，可能不协调的声音往往是从他那儿先出来的。中间有段时间我一度非常担心。我心里一直在想，"不会吧，他真的跟徐昂星相这么不合吗"。其实并不是我担心的这样。因为后来有一天赵春羊忽然对我说，"冰哥，我知道你在打圆场。但是你不用担心，我不会跟徐昂导演怎么样的，我只是在提我的观点"。他跟我说的时候非常诚恳，他说，"冰哥，就冲咱们这部电影的导演排练的时候这么不厌其烦地一遍一遍地讲，我到最后就算心里跟天似的不接受，也会听徐昂导演的安排。他给我的角色安排，我也全心全力地去做，就冲他这么诚恳的创作态度"。最后赵春羊服从诚恳了，在诚恳面前投降了。我再举一个例子。7号钱波，可能目前在表演上最不娴熟的就是他。以前钱波是我们北京人艺的演员，后来他去了日本学戏文，回国后又做演员，表演的手艺就撂下来了，但我相信电影剪出来他是非常不错的。为什么？因为钱波在玩命地演！他知道自己没技术、表演手艺生疏了，相当于一个拳手知道自己不是职业的，那他就扒光了衣服直接往上冲，就凭着"我一脑袋撞死你，不然你就撞死我"的精神头！这力量是技巧根本达不到的。所以说技巧不在第一位。他会为了这事勇往直前地冲上去。我常年演话剧，他嘴皮子利索的程度怎么跟我比呢。但是这个不重要，重要的是他带着那颗心往上冲，他拼命地去演，那这就没辙了，这样剪出来就是好！

我举这两个极端的例子就是想说，<mark>如果说表演有点意思的话，那是人格的胜利，不是技巧的胜利</mark>，而我们这十二位演员就是内心赤诚全力投入地"疯狂"了一回。

> **Q** 在戏中，您是与儿子有些小问题的父亲，在戏外您与儿子的关系如何？您觉得导演处理的这个父子关系是否带有普遍性？父亲在家庭中的地位应该是怎样的？您又是如何表达父爱的？

A 这个问题我还在探索。像我就直接抱着亲孩子，这是最直接的方式。我在生活中就是这种方式，我会不停地告诉他"我爱你"。虽然他现在还没进入青春期，介于小孩和少年中间的一种状态，但已经开始对我有排斥了，和他妈妈还是一如既往。男孩都喜欢妈，这是一个物理现象。同性相斥，所以才说为什么女儿都和妈妈打架。你说你不爱你母亲吗？你母亲不爱你吗？当然不是。他现在开始天天气我，用话故意刺我，其实我心里明白，这也是一种爱的方式。

晚上睡觉的时候，他有挑战父亲的意思，可能也有想证实我是不是还爱他的意图。比如临睡觉前他对我说："臭爸爸。"我说："我在旁边看书，我怎么就臭爸爸了？"我儿子说："你就是臭。"我问："那你妈呢？"他马上就说："好妈妈。"他不会编更多的故事，只会编这么一个简单的剧本。我就看着他，知道自己听到这句话的时候内心还是会有一点难过的，是会小心眼的，因为你爱他。可是这时候要知道他在干什么，可能这就是他表达"爱"的方式，就像上初中的时候有男孩过来揪你的头发，那不是在欺负你，那是表达爱的方式。他打你一拳，结果你给告老师了，老师骂了他一顿，那他得多伤心啊。所以，我感觉能否正确地善意地理解这个关系才是最重要的。

该拉脸的时候就拉脸。在一些原则性的事情上，我是会拉脸的。我给你举一个例子。早上该上学了，七点二十，他忽然从书包里掏出一个作业本开始写作业。他妈妈问他："昨天干什么去了？"他说："我昨天忘了。"他妈妈问："那你现在呢？"他又说："我现在想起来了。"这个时间点他妈妈也不知道该怎么办了，只好等写完之后送他去念书。回来之后他妈妈就跟我讲了。他妈妈问我，"你说他是在说谎还是真的"，我告诉她，大多数情况下可能是在说谎，因为不太可能。忘了就是忘了，怎么可能到七点二十才想起来！但是这件事没法查，因为没有证据。于是她让我跟儿子谈谈。接他下学的时候我问他："首先我问你，你告诉我你是忘了还是说瞎话了。"他说忘了。我说："我相信你，但是我告诉你，很多人都会觉得是你说谎了。"他开始据理力争。他毕竟还是小，藏不住。我想到这种谎话自己小的时候也说过，所以我把两件事情平静地告诉他——第一件是我相信他没有说谎，毕竟我没有证据证明他说谎了；但是我同时告诉他，这种行为会使得别人认为他说谎。这时候就应该拉脸了，因为人不能糊弄自己。这种行为不管怎么说就是糊弄自己，你如果真忘了，不如拿着作业本告诉老师，我忘了，天也塌不下来。这叫不糊弄自己！老师顶多问你一句，怎么忘了呢？但是你五分钟飞快地写完，这叫糊弄自己，我们做任何事情都要明白，不要自己糊弄自己。这个时候我忽然发现他的目光是非常认真的。小孩都是非常认真的。

儿子从小到大，我只打过他一回，原因就是在买玩具的时候他坐在地上哭，坐地炮。我当时很生气，因为每位家长遇到这样的事情都没辙。我没有当着人打，我告诉他回去之后就解决这件事情，并且让他知道为什么要打他。我告诉他，赖子的行为是不可以的，这是必须通过疼痛让他记住的。打的时候不能瞎打，不能靠着情绪去打。我会告诉他理由，男孩子不能有赖皮的行为。从此之后，他再也没有赖皮过。

有一次他在外面报了一个英语班，参加英语演讲比赛。现在的小孩子们都有手机了，他也希望自己有一个。他妈妈答应他，如果比赛胜出的话就奖励一部手机。其实我们知道他是肯定会赢的，没有人能在这方面跟他较量。他现在已经能读完所有原文的《哈利·波特》了，最近又在读《饥饿游戏》。我其实是不太懂英文的，有的时候我问他："你真的读得懂吗？别糊弄自己。"他说："真读得懂。"

我们知道他一定能赢，他也这样想。但没想到这是一个很不公平的比赛。明明是"演讲比赛"，但胜出的那位小朋友是把当时中国流行的一部电视剧照着画面翻译成英文在现场一问一答。形式是挺新颖的，但是并不符合演讲比赛的类型和规则。结果是我儿子输了。他妈妈很生气，她说，这是不公平的，然后她和我儿子商量之后，决定不参与领奖。他妈妈领着他出去做的第一件事就是给他买了他最想要的那部手机。后来包括中国国际广播电台在内的很多电台邀请他去参加儿童演讲，都被他妈妈一气之下全部拒绝了，因为"公平"这件事他妈妈还是挺介意的。

那关于您的妻子呢？您当初是怎么选择她的？

A 我妻子是一个特别善良的人。我俩长得差不多，基本上你见到我也就见到她了。我儿子摊上这么一个母亲是一件非常幸运的事情。九年了，每一天都陪着儿子一起睡，从来没有出去过，比如外出办点事先让孩子睡一个小时的这种事情从来没有在我们家发生过。我负责任地说，从来没过。要知道她个人是非常喜欢旅游的，但她永远把儿子带在身边。

天作之合。她是我初中同学，这是多么难能可贵的一件事。所以反观到我"不惑"的时候，你就会明白我们为什么会这么匹配，因为缘分太难得了。而且这不是一个方法论，是人生观。问题在于，我们经常把这个世界谈成方法论。比如现在这会儿我们采访，如果我想的是，"我该怎么和这个小女孩谈才会打动她，让她把我写得很好"，这个想法就是不对的。你要谈你的人生观，诚恳地把你的观点搁在这儿，这才是重点。观念决定做法。其实坦诚地说，我已经来不及树立什么梦想了，已经完全在等着上帝的恩赐了。我不愿意再过度地追求一些东西，它们对我来说没有什么意义。就像之前说的那样，当你能看到一些东西的价值的时候，这些价值就会起作用。比如你目睹了这十七天的排练，如果你也觉得非常珍贵，那我们把它收藏到心底就好了。很少有演员能经历到这种珍贵。真把它放到心里，你才能体会到这种美、这种胜利感。这远远不是拍一部电影这么简单。人最宝贵的是时间，这十几天我做了这么一件事，跟十几个演员一起工作了半个月，在探讨剧本。其实探讨剧本就是在思考人生。我说句特别不好意思的话，一部电影算什么啊。这重要吗？红了怎样？不红又怎样？这四十多天是多么重要的时间。就是因为这四十多天是充实有意义地度过的，所以今天我们才可以在一起进行如此愉悦的一场谈话。

比如今天晚上陈道明老师排《喜剧的忧伤》这部话剧。在物质上，他一毛钱不赚；在名气上，陈道明老师这么大的知名度还能再怎么出名呢。那他享受的是什么呢？陈道明老师享受的是从现在到晚上十点这六个小时的全部经历。请拿出来比一下，谁的六个小时能比这质量更高呢？即使你六个小时股票涨了十几万元，那又有什么用？你可以为那个高兴，但我也可以为这段时间精神上的收获而感到高兴。不知道我说清楚我这个人了没有。我就是这样一个人，比如今天我一睁眼，懒懒散散地醒过来靠在沙发上，孩子妈妈正在沙发上看美剧，我俩有一句没一句地说着话。过一会儿我俩都睡着了，再一睁眼一个小时过去了。这看起来仿佛是在浪费时光，因为我们从小接受的教育是"一寸光阴一寸金"，"早上起来一定要看书学习"。但是看书学习就那么重要吗？这段时间我是用来学习好，还是跟她闲聊比较重要呢？我认为和孩子妈妈聊天、消磨岁月是最有意义的。虽然看上去似乎像浪费时间，但是我要这样度过这段时间，而绝不拿这段时间去换什么。就像我们看到王石去念大学，可是他为什么要念大学？我们太习惯这种思维方式了，拿学识去换钱，每种东西都是达成目的的手段。但这样是没用的。所以王石在拥有了财富之后还选择重新学习，是因为这时候他所有的动力就真的是单纯地被知识牵动了。

Q 您的阅读量特别大，您平时会读些什么书？您最近读过什么比较好的书吗？

A 乱看一气，每天都看。我平时有阅读的习惯，短的话一两个小时，读高兴的话可能会读半宿。我们是夜猫子，演完十点回去睡不着觉，经常四五点才睡着。这段时间干什么呢？那就是阅读。

我最近在读一本书，是粉丝送给我的高行健的《论戏剧》。这本书非常好，答疑解惑。演戏这回事到底是什么呢？我觉得真正的知识不在书上，在脑子里，书本只是一个由头，当然，有些硬性的知识还是需要的。但是真正重要的是"识"，"知"只是为了诱导你的"识"，让你的"识"释放出来，让你的"识"更准确。

佛说众生平等，就是这个意思。每个人都一样，只是有些人的灵魂被一些东西给遮蔽了。就像我们刚开始谈话的时候，"拨云见日"。"日"就是我们的心，上面有很多云。他们没有看到那个太阳，只看到了云，你拨开了云，太阳就出来了。就这么简单。读书、工作、与人接触，都是这样的，拨云见日。所有的人都是有灵魂的。如果说不是所有人都有灵魂，那么所有的名著、所有的主流价值观就都没有意义了。真理不是为少数人准备的。既然是真理，那就是为所有人准备的。是的，生活中有很多讨厌的人，我们自己身上就没有讨厌的地方吗？肯定是有的。但我觉得所有的真理可以作为"认知"留在心头，我觉得这就是我读书的目的。最近我在读一本书，叫《伪善入门》，小池龙之介写的。他提出的一个观点我很认同。如果我们不是一个好人，那么就先假装自己是一个好人吧，装着装着我们就会变成一个好人。我们在假装好人的过程中是会有吸纳的，这个时候你吸纳的就会全是"善"的东西。当你吸纳了"善"，你释放出来的就会是"更善"，而不会是"恶"。我们工作这十几天，作为演员，我想自己应该是很讨人厌的。因为导演都不说话，只有我在不停地说。但我就是想要表达自己的观点，因为我知道自己的出发点是善意的，没有其他目的，我不是在排挤谁或者是为了我自己，我恰恰是为了让大家都好。只要心是善良的，即使一时词不达意，大家也都能听得懂。其他十一个演员没有人讨厌我，他们恰恰很喜欢我。我也觉得非常开心，既是为了自己，也更是因为"善"得到了大家的正面鼓励。

拨云见日，人生难就难在"拨开了又来，来了之后只好再拨开"。这太难了。仅仅作为这么一个理论存在，其实我感觉自己也没有做得很好。

　　我和何冰合作了很长时间，他是一个很独特的演员。作为导演，我是很不希望出现两种状况的：第一，这个演员对剧本没有任何看法，你只需要告诉他该干什么、怎么做，然后他就这么去演并标榜其做法为"职业"；但是我同样害怕另外一种情况，就是过于拥有自己的观点。对于第二种演员的害怕源于两点：第一，他阅读的范围要比你更广泛、更渊博；第二，他的生活经历和人生阅历也远比你丰富。这个时候，我们应该为了和他们并肩而去拓展自己的经历，还是好好地思考我们在一起应该去做些什么，自己是否够格去做这个导演？

　　可能其他导演有别的方法可以解决这些问题，但是我更倾向于大家一起聊戏里面的内容，来解决这些问题。人是有共性的，我们在作品中利用人的共性大于人的分歧。我们常看到一些地下电影，就是在描述人的分歧，而不是描述人的共性。有的时候这些分歧让你觉得，原来人还可以做这些事情——但是这些不足以打动你，你只会有猎奇的兴趣。

　　何冰是有很多想法和思考的演员，但是我们很多时候通过排练、讨论是可以达成共识的。我们在常识和通识上找到了结合点，也做到了互相帮助。何冰帮我了解到很多表演的尖端问题。当跟优秀的演员合作的时候，你会发现很多尖端问题，就像大气层一样，你站得越高，空气就会越稀薄。他为我们解决普遍的问题提供了更有效的方法。为什么有的时候我们必须要把一些东西带到太空里走一圈，回来以后才能明白在地上该怎么做？因为那里空气特别稀薄，问题体现得更直接，解决的方式更有效。当我们明白在那个高度上应该怎样解决问题以后，再解决起普通问题来就会觉得特别得心应手。包括和陈道明老师合作，都能让我认识到一些很尖端的问题。当一个人获得巨大的成功和名望之后，应该怎样去解决那些问题，哪些问题是困难的？事实上，当你到达那个位置之前，你只能管窥蠡测，甚至只会生发出某些偏见来，而不会生发出解决问题的方法。除非你和他一起共事，共同面对一场比赛。因为你总要把这个球踢到门洞里去，无论你用的是什么方法，无论你长得帅、丑，是贝克汉姆还是一个普通的球员。有的时候很可能因为你长得帅，所以会有更多的人来缠你；有的时候因为你有名望，大家会对你的期望太高，他们希望你能花哨地踢进去球。当大家提出了更高的期许和要求，在这种情况下，演员应该怎么做，导演应该怎么做？我们能为你提供什么，你能为我们提供什么？这会促使我们遇到很多尖端问题。

莎士比亚在自己的很多作品中描绘了一些极限问题，例如嫉妒、仇恨、爱……当身份和地位不一样的时候，你会遇到很多在普通状况下很难遇到的问题。当你没有爬到山的高点，你是不知道具体感受的，就像王石，他不能向你尽述站在那个高度时所能获得的孤独、快乐和激动。但是有时和他们在工作的过程中，你会发现当别人都觉得这不是问题的地方，他常常会觉得这是问题。是和别人对他的期许有关吗？和他的成功有关？和他的个人世界观有关？因为你没有这么做而获得成功，他这么做了反而成功了？还是他的优秀？你要不断地去判断这些，要不然你们之间就没有常识、没有通识，并且只能提供一些偏见。

9号 陪审员：空巢老人【米铁增饰演】

人物小传

　　七十岁左右的空巢老人，老伴去世多年，儿女不在身边，生活孤独而无聊。老人少年时家境很好，后来因为政治运动而落魄，因此变得有些内向，度过了庸庸碌碌的一生，他几乎没有什么存在感。这次能替孙子来参加这堂特殊的西法课补考，他感到非常开心，这表明，他多少还是被需要的。他是第一个站出来同意8号改投无罪票的，因为一九五七年的那场政治浩劫曾经使他绝望，但是又给了他希望。

演员介绍

　　米铁增，北京人艺演员，国家一级演员，话剧代表作有《骆驼祥子》《哗变》《茶馆》《天下第一楼》《白鹿原》《原野》《家》等。因在电视剧《孝庄秘史》中饰演范文成而给广大观众留下了深刻印象。

演员访谈

米铁增——电影是遗憾的艺术吗

Q 米老师您扮的角色是一位老人，从开始不被人重视，到后来得到大家的重视，您的表演不仅得到了剧中角色的尊重，也让观众们动容，表演功力有目共睹。《十二公民》是您相隔多年重回大银幕之作，经过这么多年，您对电影有了什么不同的认识？相比之下，与话剧舞台又有什么不同？

A 我已经有很久没拍电影了。记得第一次登上大银幕是在一九七九年，北京电影制片厂著名导演谢添把北京人艺的话剧《丹心谱》改编成电影，基本上是话剧原班人马来演电影。当时我在镜头前的表演得到了谢导演的肯定，增加了我对电影表演的信心，谢导演也传授给我很多电影表演的宝贵经验。一九八一年，又参加了谢添导演拍摄的电影《茶馆》。一九八一年的夏末，又陆续参与了北影著名导演王好为、李晨声老师拍摄的电影《潜网》《迷人的乐队》等四五部电影。在这段时间，我还参演了一些电视剧，如《九九归一》《孝庄秘史》《巡城御史》等。这就是我在大银幕和小荧屏上的一些工作经历。从一九八二年至二〇一三年重回大银幕已相隔二十八年，我从扮演青年小伙子到今天在《十二公民》中扮演一个垂暮的老头子，可想而知时间过得有多么快。

虽然艺术是相通的，但是电影和话剧表演还是有区别的，一个是大银幕，一个是舞台。简单说，电影是对着镜头表演和镜头交流——依靠特写、近景、中景、全景等不同的景别交替，再通过导演的剪辑完成全部电影。通过投影仪投放到大银幕，你整个人被放大了若干倍。所以电影表演首先要真实细腻，演员个人的形象是非常重要的，从总体说电影是导演的艺术。

话剧是在舞台上表演，要靠演员的动作、声音、形体把人物塑造成有血有肉的人。通过和对手演员的交流，尤其要和观众面对面地交流来完成一部戏的演出。演员必须要有基本功。话剧演员要长年累月地坚持练声、口齿、台词、形体的训练。舞台上的摸爬滚打更需要一副好身体，因为我们是"只身为业"的。

银幕、舞台表演"分寸"的控制至关重要。要成为一个好演员，条件是很高的，要有"孩童般的想象""女人的心"和"哲学家的头脑"。

Q 您这次在电影中的造型也与国内普通老人完全不同，很潮。这个造型是导演决定的？在造型上有什么故事吗？

A 去年八月初我们剧院正在西安演出话剧《白鹿原》。在演出结束要回北京的时候，我听到毛毛（即电影副导演黄树栋）通知剧院的王刚、雷佳等六七个人回京的第二天参加徐昂导演这个电影的建组会。当时我还非常羡慕他们，心想要是也有我该多好啊。没想到，回北京的第三天上午，毛毛突然给我来了电话，让我马上到剧组见徐昂导演。原来电影中9号这一角色本来应该由我们剧院一个八十多岁的老同志扮演，但是因为身体的问题不太适合，副导演毛毛和剧院的王刚向导演推荐了我。

其实我和徐昂导演很熟，只是好长时间没见面了。他凭原来的印象觉得我有点年轻，可我却已经发生了很大的变化。去年初，我做了两次左、右肾的结石手术。又加上我正在做种植牙的手术，上牙全部拔掉了，戴着假牙吃饭，很多东西吃不了又影响肠胃的吸收，体重一下掉了三十来斤，整个人明显瘦了一大块。胖肚子没了，脸也变长了，脸上的皱纹也多了。见导演之前，毛毛还让我把假牙摘下来，我还不太理解，因为当时我并不知道要我演一个老人。导演一见我就同意了，让我留起胡子，摘掉假牙，把头发染成花白的。

说起染头发，可真让我遭了罪。刚建组时，来了一女一男两位年轻的化妆师，我提出去发廊染发，他们决定自己给我染发，那个男孩还说他曾经在发廊干过美发工作。也不知道他们用的什么染发膏，染了三四次头发还是黄色的。我感觉头皮已经开始发痒刺痛，但为了角色形象，我只能硬着头皮让他们拿我练手。最后染了七遍，我的头发变成了雪白色，可导演要求的是花白的。第二天就要开机了，怎么办？只好把他们开掉了。晚上，不知又从哪儿请来了一位中年男化妆师，他说跟了很多戏，还给一些明星大腕化过妆。他说染花白头发很容易，拿一个塑料发帽，在上面穿十几个小洞，把头发一撮儿一撮儿地从小洞中挑出来染黑，过半个小时，摘掉发套揉一揉，洗一下就成花白头发了。按他说的做完了，过了半个小时一洗，我惊呆了，王刚一看也急了，赶紧把副导演找来。原来染了七次才变白的头发，经这位化妆师的"妙手"，一次就变成了全黑！导演气得够呛，亲自监督化妆师又染了一次，结果变成黄毛了。这已经是第九次了，头发变成了棉花套子似的，用梳子都梳不通，而且一碰就像碎末儿一样纷纷掉落下来。那时候已经是凌晨两点多钟，早上九点就要开机。头发全毁了，没办法，导演只能痛下决心，把头发全部推掉。同时，这位刚来了几个小时的化妆师也被开掉了。

有意思的是，当时我们晚上在国家大剧院演《天下第一楼》，共演九场。头三天大家看着我由黑头发变成黄头发，又过了三天，又看着我由黄头发变成了白头发，再过三天，白头发不见了，变成了秃子。大家就问我怎么回事儿，我把染发的经过一说，有人就开玩笑地说，"谁让你演9号呢，演9号就得染九次头发，一直到没了头发"。

头发推光了，头皮也被染发膏烧得红一块、紫一块的，有的地方已经红肿了，不能用手碰，更不能冲洗，又疼又痒，整个头直发晕。大家都很关心、同情我，王总还代表"聚本传媒"慰问我，在此，再次表示感谢。

俗话说"歪打正着",意想不到的事情发生了,头发推掉后,在镜头前一试反而比原先设想的形象更好。这就是我如何变成一个很"潮"的老头子的经过。

Q 作为北京人艺德高望重的演员,您如何评价年轻导演徐昂,还有在座的这九名北京人艺演员?

A 我和徐昂导演合作过莎士比亚的话剧《哈姆雷特》,他分配我一个很好的角色——掘墓人。这次一起拍摄电影,我对徐昂导演又有了进一步的了解。他的性格很可爱,像个"大男孩儿",又很好学,爱看书,见多识广,对我们年长他几岁的老同志很尊重。虽然他是第一次独立导演电影,但听说他曾经和王家卫导演学习过。他在事业上有追求,肯吃苦,是个年轻有为的导演。从我们对词、排戏、改剧本的过程中,就可以看出导演是做了充分准备和功课的。这部电影有些特殊,人物、场景比较集中,很少有一部电影像我们这样先排戏。在排戏的同时,导演和摄影师设计机位。戏排熟了,机位也定好了,后来真正拍摄起来就很快很顺利。大家一致认为这是导演徐昂一个很聪明的做法。为了这部电影,他发着高烧仍然坚持工作,为了排戏不惜命,让人很感动和佩服。

拍戏的气氛很重要。有好的创作氛围,才能拍出好东西来。这部电影有十个演员都是北京人艺的。李光复和我都是北京人艺"六零届"学员班的同班同学。扮演6号的李光复现在很火,很多电影、电视剧都能看到他的精彩表演。明星何冰扮演8号,电影中的男一号,就更不用说了,大家对他就太熟悉了。扮演7号的钱波,原来也是北京人艺学员班毕业的演员,后来去日本留学,回来后拍了很多有名的电影、电视剧,是个非常出色的演员。扮演1号的雷佳,2号的王刚,5号的高冬平,10号的张永强,11号的班赞,12号的刘辉,都是我们剧院优秀的中青年演员,演戏都各有特色。

大家比较熟悉，演起戏来就很默契。演员是讲"戏德"的，他们都是很有道德的演员，都懂得大家演的是一台戏，要互相配合，为全剧服务。有空的时候，大家就在一块儿互相说戏谈人物。电影中我有两大段台词，王刚就主动让我反复说给他听，并提出自己的意见。同时他也把自己的戏演给我看，直到我们都满意为止。

短短四五十天的拍摄很快就过去了，大家合作得很愉快，至今还很留恋。

导演印象

对于米铁增老师来说，这一生很辛苦，因为他所经历的时代以及时代给他留下的烙印是很沉痛的。他的生活经历使我开始想到自己的父母，因为我的父母在自己的事业上曾经是非常厉害的人，然而，当他们年龄大了的时候，忽然就成了被社会抛弃的人。我严重怀疑，当我们这批人年龄大了的时候，是否会比他们还惨。那个时代他们还有兄弟姐妹和亲戚，而我们这批人至少有百分之八十会孤独终老。残酷的竞争会导致我们一旦丧失劳动价值，就会被这个社会尽快地抛弃，就像脏东西一样被甩掉。这让我感到一种恐惧，对未来的恐惧。

我可能比我上一代的人更害怕老，更害怕自己没用。女人生下孩子还有血脉的延续，而男人就会有许多不确定性。经常会听到一些老人因丧失了劳动能力而落入一个非常悲惨的境地。我们这个社会对老年人太不尊重了。有一次我在日本坐一个朋友的车，我们算是忘年之交，他将近六十岁了。我们正开着车，他忽然踩刹车将车停了下来。一个老太太在过马路，当时是红灯，他就一直在旁边等到绿灯亮，并下车搀着老太太过了马路，这时后面就堵了特别长的一溜车，其中一辆忽然按了两下喇叭。日本除了黑道，平时人们开车是很少按喇叭的。我朋友什么都没说，还是慢慢地扶着老太太过了马路，接着从后备箱里拿出一根棒球棍，走到了那辆车前面。我相信车里当时不止一个人，如果在中国，这种情况下大家肯定就打起来了。但是当时并没有打起来，因为我朋友表达的是一种巨大的愤怒。这件事让我感觉到，一个社会对老年人关爱的程度，是这个社会真正人性化、成熟化的写照。就像动物世界里，动物喂大了幼崽然后把它轰走，并不是一种不求回报的爱，而是一种出于生存目的的考虑。因为已经养大的幼崽，随时都可能反过来将父母亲咬死。动物世界里是没有反哺的，而中国社会讲究孝道。在英文里，"孝"这个词是很难翻译的，因为根本没这个词，他们只能将它翻译成"亲情"或者"家庭至上"。中国历史上常常说以孝治国，为什么我们这么讲究孝呢？可能是因为我们根本就不讲孝，我们从骨子里就是不孝的。

人或有一老，"死"不可怕，可怕的是"老"。9号就是我内心恐怖的映射，我害怕自己变成那个样子，没有人在乎、没有人知道你是谁、没有人听你讲话，你不能再代表与时俱进的东西。这是很可怕的，我们也解决不了什么问题，但是我们需要把这个问题拿出来谈一谈。当时有人问，为什么要让9号有那么大的反应，这样做究竟好不好。但我可能是想冒着不对的危险把这件事拿出来让大家注意一下，这就好像是我内心无限的恐惧，最黑暗的黑暗。

10号陪审员：吃瓦片的北京人【张永强饰演】

人物小传

手摇着扇子、身穿马褂，典型的北京土著，地地道道的北京人，没工作也没特长，靠收房租为生。坚定的地方歧视主义者，动不动就拿人出身说事儿。最终发现，他是因为自己过得太不好了，只有自己是北京人这件事，能让他找到自信。

另外，他最喜欢的小儿子没有考上大学，他认为是大量外地人涌入北京，剥夺了儿子本该获得的更好的教育机会。随着发现自己的偏见，本片有关世俗偏见的话题结束，他开始走向对真理和人性的探寻。

演员介绍

张永强，北京人艺演员，话剧代表作《家》《天下第一楼》，在《全家福》

里担任重要角色。因饰演《我爱我家》里的孟朝阳而深受观众喜爱。后一直活跃在荧屏上。电视剧代表作《汉武帝》《闲人马大姐》《遍地烽火》《雪花那个飘》等。

演员访谈

张永强——小人物演绎法

Q 这次您演一个吃瓦片的老北京人。在这部电影中，不乏小人物，您在表演上如何与韩童生老师、钱波老师包括班赞老师所扮演的草根角色区分开呢？您又怎样赋予人物更多的个性呢？

A 作为演员，要做一个多情善感的人，要热爱生活、观察生活、体验生活。演员的眼睛要像摄像机一样，随时捕捉到在生活中所观察到的每一个人，以及他们的性格和特点。

我是北京人，在生活中也观察过各式各样的北京人，其中有一种北京人，他们有着盲目的清高和自信，认为"天子脚下我老大"。在这个人物上，我就是把观察到的这种特点融合到了角色上。他有一定的文化、一定的修养，但是正如我刚刚所介绍的，我把自己在生活中的揣摩和体会在电影中全部表现出来。这样一来，自然而然地就能和钱波老师、韩童生老师、班赞老师等人所饰演的角色区分开。

用心灵去拥抱人物，演一个有缺点的普通人。刚看到剧本的时候，我确实觉得这个人挺让人讨厌的。但是作为一个演员，我既然已经接受了这个角色，就必须要用心灵去拥抱这个角色。你要从心里爱他，并且用心去揣摩他，找到他性格中真正可爱的部分，然后将他发扬光大。只有这样，这个人物才会真正可爱起来。观众就会把他看作是一个普通的有缺点的人物，对于 10 号来说，我在他身上发现的特点是真诚。虽然他有这样或者那样的缺点，但他一直是真诚的，他真诚地骂、真诚地笑、真诚地道歉，在抓住这一点之后，这个人物就变成了一个真正可爱的人。

导演印象

我对张永强老师的记忆其实是来自小时候。那时很喜欢看电视剧《我爱我家》，我特别希望自己也有一个像孟朝阳这样的舅舅，因为这样的舅舅特别可笑，而当时的大人普遍对孩子挺严肃的。再加上现实生活中我舅舅是一个看起来很凶的人，我就更觉得《我爱我家》里面的舅舅孟朝阳亲切了。孟朝阳这个角色很爱聊天，而且还有很多缺点。那时候戏剧的优点就在于大家都演自己的缺点，后来的戏就开始只演优点了，再演戏的时候演到缺点就会带着丑化的意思。那个年代的观点是，人的缺点是美妙的。在这部戏里，之所以人物这么成功，是因为他们认为人的特点就是人的缺点，人的缺点是美好的。类似的还有《编辑部的故事》《北京人在纽约》，那个时代诞生了几部即使今天拿出来看依然很优秀的作品。现在的戏剧作品技术上是进步了，观念上却一直在倒退。

我请张永强老师就是出于这个原因，我可以请出自己少年时代梦里面的舅舅来和我一起创作一部电影。他是北京人，我就想让他饰演一个北京人。他饰演的这个角色代表我对北京的一种判断，我也是在北京长大的，也是北京人。我认为北京有它的美妙之处，在礼俗的地方，也是美的，但是某种带着文化假象的丑陋也是存在的，张永强扮演的 10 号揭示出来的就是我认为的一种丑陋。当然这种丑陋可能是写在一些美之上。我交过的女朋友的父母就有这样的。我可能必须得爱屋及乌，但是除了那个姑娘，我又确实不喜欢她的父亲。但我心里清楚他是希望自己的女儿好，希望自己女儿的男朋友好，但是这种好让我很难接受。我自己身上有时候也有这个问题，你很难把他们区分得特别清，因为社会很难让我们区别地来看我们自己。张永强扮演的 10 号处在一种很偏激的状态，但是如果没有 10 号这个角色，剩下的十一个人很难团结起来意识到至少有一个方向是不应该靠近的。这个方向叫作人身攻击，又或者叫地域歧视。这是我觉得人类偏见里最低等的一种。我们首先要迈过这一层。但是今天我们在足球场里还会见到这种感情，从一种莫须有的荣誉感而燃起一种地域仇视，甚至也开始像三 K 党了。

当时有人问我，是不是把 10 号做得过于卑劣了，但是如果我们不写得特别卑劣和低下的话，人们就很难注意到这件事。因为大家对这些太习以为常了。当然每个人的看法是不同的，我所能表达的也只是推开我这扇窗户对这片风景的看法。我们还是尽可能公正地去做了这件事，给影片中每一个所做的选择找出其合理的解释，是可以被人们理解和接受的解释。

11 号陪审员：龟毛较真的政法大学保安【班赞饰演】

人物小传

河南农民的孩子，老实本分。知道学习是改变命运的唯一出路，于是闷头苦学，但他不是个聪明的孩子，尽管努力，成绩也只能维持到中上游的水平。为了生计，他做过很多工作，吃过很多苦，最终留在政法大学做了一名保安，也算用另一种形式实现了自己的心愿。这次被大学老师叫来参加这个模拟陪审团，他非常开心，终于可以真正地坐在桌子旁与很多人严肃地谈论一些法律问题，这对他来说并不是很常见的机会。

演员介绍

班赞，北京人艺演员，北京人艺新生代中的佼佼者。代表作有话剧《屠夫》《王府井》《白鹿原》《北京人》等，电视剧《与青春有关的日子》《战雷》《八兄弟》《光阴的故事》《结婚前规则》等，电影《大腕》《夜店》《第一书记》。

演员访谈

班赞——草根的光荣

Q　　您作为河南人，在戏中扮演一个来自河南的小保安，对应有关地域歧视的问题。这样的设定您会不会担心引起观众的反感？您认可导演对这段冲突的处理吗？您自己又是如何看待现今存在的地域问题？

A　地域歧视的问题确实是有的，但是对于《十二公民》这部电影来说，这个问题并不存在。我本身就是一个从河南走出来的演员，河南人和其他地方的人一样，有好有坏。当然还是好人更多。作为河南籍演员，不仅在饰演河南保安上有正宗方言的便利，还可以把一个立志考上政法大学的北漂河南小保安演得活灵活现、深入人心。这对河南人怎么会有不好的影响呢！从根上来讲，这不是给河南抹黑，而是对河南的一种正面宣传。

只要演员把角色塑造得好，观众是不会有什么反感的。这部戏反映社会现状，映射人与人沟通不畅后会产生误会，表现人心不能沟通的内容。把握好这个核心，处理得好，再把这个问题传达给观众。观众不会反感，反而会有一种理解。这也是戏的本身所在。

Q 作为戏中少数几个使用方言的人，您的角色好像有很浓的喜剧意味在里面，您是如何把握这个角色的严肃性与喜剧性的？

A 演员演戏要有自己的表演观，我一般演什么戏都喜欢带一点喜剧的味道，或者挖掘角色深层次的情绪。演戏要结合演员自身的条件，以我的外貌，如果按梁朝伟的路数演，观众肯定不喜欢看。我要结合自己的天赋、条件以及我的戏剧观、表演观，来处理我的表演。但是喜剧和喜剧色彩以及喜剧内涵，是靠演员揣摩的，并不是生搬硬套、哗众取宠的东西。另外存在一个大家互相配合的问题。这部戏有十二个演员，大家的表演风格和表演方法都不相同，但是大家所创作出来的人物搭配要和谐统一。如果换二人转的演法，或者换相声曲艺的演法，未必能搭得上。所以这里既要把握住自己的特长和特点，又要有协调统一的观念和布局。这样的话，大家才能全部搭上。这部戏是一台戏，不是一个人的戏。

喜剧性和严肃性其实不矛盾，严肃性是作品本身要传递给观众的，但是喜剧性是观众所需要看到的，这也是我的演剧观。就好像食物一样，有的食物有营养，但是不好吃、味道差，但是我想做出一道既美味又健康的菜。在塑造保安这个角色的时候，我就是这么思考的。单纯的喜剧性或者严肃性，都会影响作品的观赏性。所以就一个演员来讲，分析这个作品的文学性，对词、谈人物、研究剧本，都是严肃状态下的创作，在整个角色的创作中起着至关重要的作用。然后，挖掘人物精髓、显现人物特点，并且用幽默的方式将人物展示出来，是演员对人物的最终体现。所以，我认为我们这部电影成功在非常深刻的"理解"和"表达"上。

我在自己的生活中碰到过好几个像11号这样的人，因为我小的时候家住大院，见过好多哨兵、卫兵和保安、警卫之类的人。我非常愿意跟他们在一块儿聊天。那时候父母也忙，我经常会被放到传达室，因此他们会给我讲很多故事。有一些故事他们会觉得特别美好，而在我听起来，会觉得特别可怜。这不是太好的姿态，这样的想法使得我很容易曲解他们话的核心含义，从而会以一种认知的美来要求对事物的看法。

但是他们也会有一种过分的自尊。我初中一个语文老师曾经对我说过一段话，就是你在餐馆吃饭的时候，如果你的菜很久没上，你对服务员说，小姐，我们的菜怎么还没有上？服务员会对你说，我去帮您催一下。这个时候你反而要对她说，"别催，千万别催，最后一个上我们的菜，我不着急"，这个时候她会帮你去催，心里会觉得你特别好玩。也只有这样，你才能吃到尽可能少的吐沫。这是汪曾祺的逻辑，我希望我们对世界有这样的幽默感以及狡猾，从而很好地维持这个社会的关系。

有的时候我们之间没办法沟通是因为个人的问题，过分地自尊或者希望别人尊重自己，这样反而会演变出某种攻击性。11号的问题就在这。如果我对这个人略有不满，原因就在于他举手的时候选择支持8号的原因并不是他听懂了、了解了整个案情，而是他对10号的情绪。他认为10号伤害了他、侮辱了他。虽然最后判断的结果是对的，但是我并不鼓励这种判断。这是我对11号这个人物的看法。

至于班赞，我们合作过很多年。我俩是大学同学，从很小的时候就在一起排戏。我喜欢他这个人是因为他长得并不像个演员。他像一个生活在八十年代的人，平时很喜欢书法、摄影、自己做饭，还当过兵，一点都不像一个现代人，只是拿了个三星手机而已。

12 号陪审员：动摇的保险推销员【刘辉饰演】

人物小传

因为职业的原因，他嘴巴很甜，见人先是堆上一脸笑，然后就是见缝插针地递名片，推销他的保险产品。他被老板的儿子叫过来顶替自己的父亲参加这次模拟陪审员考试，心里有点不高兴，但敢怒不敢言，心想就当来这里上了半天班，抓住机会向这些陌生人推销保险。他对"富二代"弑父案没什么看法，刚开始也是随大流，后来在 8 号陪审员的引导下对案子有了一定的了解，立场开始摇摆不定。

演员介绍

刘辉，北京人艺演员，因主演电视剧《战雷》中的贺权大队长而一举成名，又因客串电影《河东狮吼》中高难度的戏码而给观众留下深刻印象。

刘辉目前是北京人艺的台柱子，话剧代表作有《骆驼祥子》《日出》《知己》《蔡文姬》等。

演员访谈

刘辉——为十二个人鼓掌

Q 您饰演的是一个被老板的儿子逼迫过来参加家长会的苦情保险销售员，即使在参加陪审团的时候，依然不忘敬业爱岗地卖保险。保险销售是一个特别具有职业特色的工作，您在拍摄的时候是怎么突出表现这一点的？而且您在电影里好像并没有像韩童生饰演的3号或者赵春羊饰演的4号那样立场特别坚定，这是很难演的，您是怎么把握这一点的？

A 在剧中，12号陪审员善良、可爱。他对生活有点迷茫，其表现就是对社会现象麻木、漠不关心，一心只希望能多卖几份保险，让自己的生活过得好一点。这很符合现在社会上"八零后"一代的生活。这些人来到大城市打拼，看似是自己一人，其实却背负着整个家庭的梦想。他期盼有一天可以混出成绩，荣归故里，让家乡的人知道，这个当初独闯北京的孩子出息了。这些人很可爱。他们从小有梦想、有追求，也曾立志要当科学家。可随着时间的推移，梦想已经淡忘，买房子买车已替代了那些"可爱的"童年梦。在这样的社会环境下，正义感、使命感、事实与真相对他不再重要，他秉着事不关己高高挂起的态度每天麻木地生活着。这不怪他，他活得很累，没时间和精力去管那些。

在剧中12号并非没有自己的立场，只是他觉得在这场审判中自己的观点和立场是不会得到认可和尊重的。这是长时间的工作环境和社会环境给他带来的副作用。在这个社会中他太渺小了，从来没有人问过他是怎么想的，他已习惯被人忽视。但随着审判的进行，8号陪审员认真追求真相的精神唤醒他内心深处的那根神经，他才开始慢慢地进入，使命感不断升温。可他进入得太晚了，已跟不上大家的节奏，所以他唯唯诺诺，不知所措，表现得立场不坚定。

当12号陪审员走出陪审室，我想他犹如重生一般。原来我们认真对待生活是可以得到尊重的，无论我们面对多大的阻力和不同意见。这一天将改变12号的命运，他变得阳光、自信，对生活重新充满了希望。

Q 您与班赞是戏中唯一两个使用方言的角色，保险推销员与天津口音给您的角色赋予了很多喜剧色彩，您觉得您的角色与班赞的角色从根本上有什么不同？

A 我觉得最大的不同还是来源于人物性格，人物性格的塑造永远是演员的首要任务，无论是在戏剧还是影视作品中，这都是能让观众回味的。日常生活中我们身边的人，能让我们永远记住的不是长相或衣着，而是这个人的性格特点。

导演印象

有两种演员，一种是我选择了这种职业，刘辉是另外一种，职业选择了他。他的形象特别好，是特别招女孩子喜欢的一类人。他非常有趣，自己的内心世界里特别喜欢做装修。他曾经跟我说过，自己特别想做一个包工头，然后带领一个装修队四处跑。其实在这部戏里他的戏量不是特别多，戏份在关键点的时候也不是特别重，而且还要花很长时间去克服一些问题。他的形象足够好，他必须在自己的内心世界里有足够的渴望去扮演一些角色，并且去看一些东西。

我跟徐峥聊过天，他说有一些演员是演电视剧的，但是不爱看电视剧，有一些演员是演电影的，但不是影迷。徐峥的观点是，一个演员必须首先是戏迷，爱他演的东西，这才是最佳状况。当然也有一些状况，他不爱这个职业，但是这个职业爱他。马龙·白兰度就是一个例子，他演的角色总是让大家觉得神降临了，上帝在这个时刻突然现身了。虽然还不知道这个人是谁，但透过银幕你就已经爱上他了。

因为我们不能保证每个演员都是这样的，所以我们要不断地扩充一些台词，做一些事情。

那些光与影的故事　摄影指导蔡涛

Q 这次电影拍摄，您最兴奋的地方是什么？与您以往的拍摄最大的不同是什么？最大的困难与挑战呢？

A 电影《十二公民》和其他电影最大的不同是场景单一，主场景是在一个厂房里。十二个人大部分时间围坐在一张长方形的会议桌前交流。

在影像特点上，美国版《十二怒汉》强调机器和演员的调度与配合，并有清晰的分镜概念，俄罗斯版《十二怒汉》在画面里用光线的角度和色彩的不同表现了不同时间的段落。我们试图结合两部电影的长处来处理影像。和导演讨论把剧本分成不同的时间气氛段落时，我原来是想借鉴俄罗斯版利用换场来变换气氛，导演提出要根据剧中人物情绪的变化来变光，这个想法突然让我很兴奋，我们可以试着在镜头内部实现光线的变化。后来我们商量几次变光的点要和剧情及演员的表演相结合，通过镜头运动和光线变化的手段尽量恰如其分而小心翼翼地实现着，从而达到暗示、推动、烘托的目的。

"开始房间里没有阳光，渐渐地阳光从楼宇间露出，后来被云挡住，接着乌云满天，天暗下来，大风伴着电闪雷鸣，瞬间暴雨来临，雨一直下，后来越来越小，慢慢停了，雨后天晴，晚霞满天……"这是开机前我写下的一段关于整部电影的一个气氛转换描述。现在我们电影里分为五个气氛：一、阴天；二、出太阳；三、天暗闪电；四、天暗开灯；五、雨后天晴。具体的效果和产生的心理感受，大家在电影里可以看看，希望不要让大家出戏就好。

Q　在镜头语言上，《十二公民》与美国版的《十二怒汉》有哪些不同？有没有您认为超出美国版的地方？这个电影的精彩之处完全在于十二个人的表演，您是如何利用光、影帮助导演与演员完成这段难度非常大的表演的？

A　十二位演员都很优秀，也都有各自的特点，摄影上不能简单记录，更不能过分炫技。根据导演的总体设计，我们也有的放矢地安排镜头的运动、机位、景别、光比、色彩等的节奏和变化。比如开始时多以固定和短焦距拍摄，把观众带到桌子旁，和其他彼此陌生的参与者一样去观察和倾听说话的人，不干扰观众的判断、不体现创作者的态度。景别上也较松，不强调、不排斥，尽量让大家都平均而真实地呈现，这时，观众看的是每个演员的表演，通过观察每个人物的言语和态度去了解每个演员塑造的人物性格。渐渐地随着每个人物的塑造开始有些运动镜头，让观众觉得这个镜头和其他固定的不一样，需要注意。随着剧情的发展，景别有所调整，也出现了带关系的镜头，根据演员的调度和情绪运动镜头也多了起来。这次在布光上我们还特意强调了眼神光的运用和控制，以便更好地捕捉演员的表演，体现人物的情绪。

拍摄难度较大的部分就是几次变光的配合，一是机器和灯光的配合，二是机器和演员表演的节奏和情绪的配合。片中有两次是比较花时间的变光镜头。第一次是当 8 号陪审员陆刚在乒乓桌旁等待其他人投票时，镜头从他手里的乒乓球摇起并缓缓围着他移动。这时太阳渐渐照到他脸上，机器继续移动，我们看到阳光慢慢照到窗户上，后来整个房间充满了阳光，暗示一种光明希望的来临。第二次变光是当陆刚一个人站着给大家描述案发现场时，斯坦尼康围着他旋转，光线跟着他的描述和镜头旋转从充满阳光转化成阴天效果。我们试图通过这种手段把观众带进他所描述的案发现场的那种紧张气氛中。第二次变光是因为看到了所有的窗户，就得把每扇窗户架上镝灯（10个2.5KW）和钨丝灯（10个5KW），并严格控制光比，根据镜头的运动，依次把钨丝灯挡住，留下镝灯的效果。

其实还可以更好　电影海报变形记

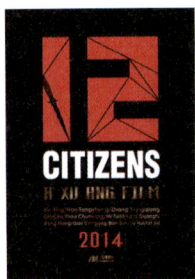

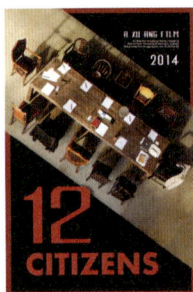

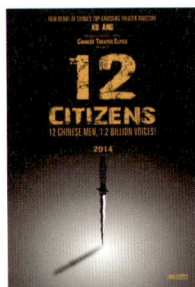

公映前发布的正式海报

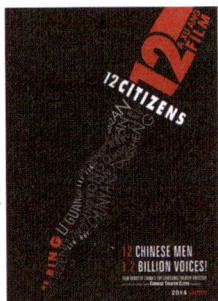

第六十七届戛纳电影节发布

第九届罗马国际电影节发布

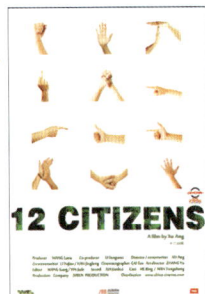

第九届电影节协会青年影展发布

电影剧本

编剧

李玉娇　徐昂　韩景龙

剧情简介

一桩满带争议与疑问的"富二代"弑父案，一个充满实验意味的虚拟法庭，将一个正处于困惑中的人民检察官与十一个毫无联系、代表着社会各阶层的普通人聚在了一起。他们以一种前所未有的方式探讨案情。通过几番紧张、激烈的辩论，大家了解到了中国法制的公正，检察官也走出困惑，查明案情真相。

本片通过讲述一名普通检察官、一个公诉人的日常办案过程，诠释了检察官面对舆论压力，对认定犯罪嫌疑人有罪与无罪的证据同样重视，坚持了客观公正；在虚拟法庭中，面对危机，严格遵守工作纪律和职业道德，履行忠诚；在与自身利益发生冲突时，能够为一名激愤违法的大学生着想，做到了为民；在办案过程中，不为金钱利益所诱惑，守住了廉洁。

本片借鉴好莱坞经典法律电影《十二怒汉》的戏剧结构，品味真理正义之深意，审视偏见冷漠之人情，对话嬉笑怒骂之众生。

故事时间轴

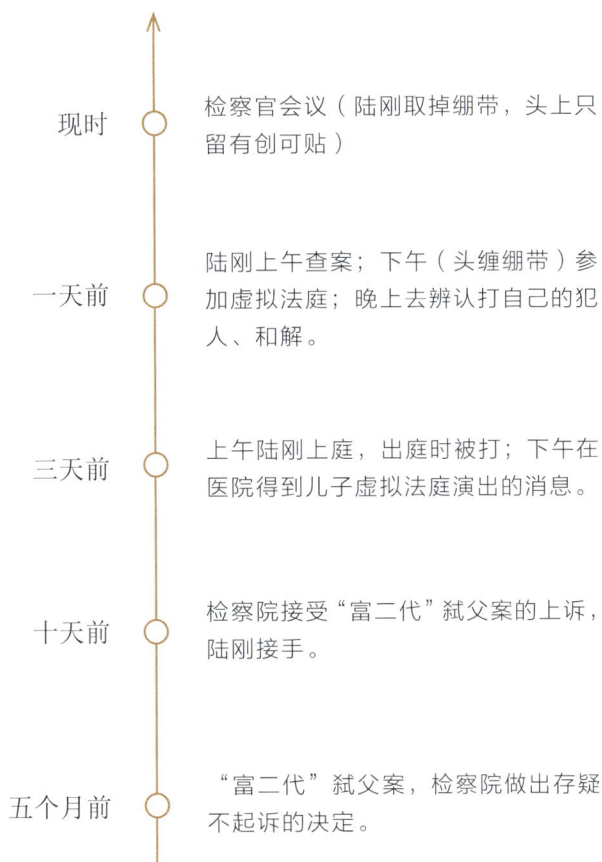

现时 — 检察官会议（陆刚取掉绷带，头上只留有创可贴）

一天前 — 陆刚上午查案；下午（头缠绷带）参加虚拟法庭；晚上去辨认打自己的犯人、和解。

三天前 — 上午陆刚上庭，出庭时被打；下午在医院得到儿子虚拟法庭演出的消息。

十天前 — 检察院接受"富二代"弑父案的上诉，陆刚接手。

五个月前 — "富二代"弑父案，检察院做出存疑不起诉的决定。

1. 筒子楼 · 夜 · 内/外

寂静的夜。一辆火车从铁道上穿行而过，铁道旁边是几幢破旧的筒子楼。

伴着火车经过，筒子楼里隐约传出几句争吵和摔东西的声音，随着火车远去，很快又恢复了平静。

一个女人被声音惊醒，来到窗边。从她的背影我们知道她正望向铁道对面发出响声的窗口。

对面房门被撞开，一个人影闪出，动作慌乱。从敞开的门隐约能看到房间里有个人倒在地上。

女人，一声尖叫，退回房间。

女人的楼下，一个相同户型的房间，一位老人被楼上的声音吵醒了，他打开了床边的台灯。

突然传来汽车启动的声音，一辆奔驰跑车从铁道旁破旧的筒子楼飞驰而出。

那扇被撞开的房门慢慢合上，就在合上的瞬间，我们从那道缝隙里，看到一个男人躺在地上，血从他的身体里慢慢地流出……

2. CBD · 夜 · 外

北京的夜，车水马龙，灯火通明。

CBD 一栋高级公寓楼三十四层的窗户里人头攒动，似乎在开着派对。

一辆警车从远处驶来，驶入公寓楼地下车库。

3. 地下车库 · 夜 · 内

警车停在地下车库，两名警察从车上走下来。

他们走到车库角落里停着的奔驰车前，警察乙对着车牌拍照；警察甲把手放在车前盖上。

警察甲：（回头）热的。

警察乙：车牌也对上了。

4. 公寓 · 夜 · 内

【画外音】门铃响。

门打开，房间里涌出喧嚣的音乐，一群盛装的男女正在房间里喝酒聊天。

开门的人看到门外站着两名警察，愣了。

警察甲：请问这是方志鹏的家吗？

中年女人不知所以，点点头。

音乐声停止，所有人都望着门口的警察。

警察乙：（亮出拘捕令）方志鹏涉嫌一宗杀人案，我们将依法拘传他。

所有人的目光转向二楼楼梯上的一个青年。他身边的中年男人紧皱着眉头。

【黑画】

出字幕。

出字幕的同时可以听到一段段新闻广播的声音。

主持人1：今日凌晨，110指挥中心接到群众报警，朝阳区某居民区内发生杀人案件，一名四十岁左右的河南籍男子被人刺死在家中。根据目击证人举报，警方已经锁定了犯罪嫌疑人……

主持人2：警方勘查案发现场的场景被围观群众录像，视频一经上传，一小时内点击率已破十万……

主持人 3：犯罪嫌疑人的姓名曝光后，身份很快被网友"人肉"出来，此人现年二十一岁，是本市有名的富商之子……

主持人 4："'富二代'杀人案"最新爆料，根据现场目击证人证实，"富二代"与死者竟然是父子，死者的妻子从河南赶来后也向警方提供了证明二人关系的证据，警方正在准备给二人做 DNA 鉴定。这让本案的案情变得扑朔迷离起来……

主持人 5：就在社会各界一致声讨弑父凶手，要求司法严惩犯罪嫌疑人之时，检察院却做出了存疑不起诉的决定，再次将整个案件推到风口浪尖。以下是记者在前方发来的现场报道……

主持人 6：……杀人案引起社会各界巨大反响，并引发了各大媒体甚至法学院的讨论热潮。

【黑画】

5. 陆刚家／洗手间 · 日 · 内

洗手间镜子里映出一张中年男人的脸，是陆刚。他头上缠着绷带。

陆刚解开头上的绷带，将创可贴贴在额头的伤口上。

陆刚又正了正自己的领口，镜中的他显得有些疲惫。

6. 陆刚家／客厅 · 日 · 内

客厅电视开着。

【画外音】电视记者：（接上场）公安机关与被害人家属对不起诉决定均表示不服，同时提出了复议和申诉，检察院是否还会继续做出存疑不起诉的决定，让我们拭目以待……

陆刚走出洗手间。

这是一个有些年代的房子，装修很老式，客厅里凌乱不堪，一看就很久没整理过了。

餐桌上放着几桶吃过的方便面。餐桌椅子上搭着一套整齐的检察官制服。

陆刚收拾杂物，从地上捡起几个信封，都是银行账单什么的。他将信封扔在茶几上，茶几上还放着几张画得很乱的图纸（就是案发地的建筑图和一些文字说明）。旁边的相框里是陆刚与妻子、儿子的亲密合影。

陆刚坐在沙发上，从茶几上摸到烟点着，靠着沙发看电视。可是切换了几个电视台，都是"'富二代'杀人案"的新闻。

陆刚有些烦躁，把刚点着的烟按灭，随后把茶几上的那几页纸放入包中。这时他发现纸下还放着一个礼品盒子，他打开盒子，里面竟然是个乒乓球拍。

陆刚拿起球拍，挥了挥，放下球拍后走到客厅旁紧闭着门的房间前，敲了敲门，可没人回应。

陆刚穿上外套，走到大门边，身后传来一点声音，回头看到一张纸条从紧闭的门下滑了出来。

陆刚拿起纸条，上面写着："爸，考试过了。"

陆刚看着纸条摸了摸自己的耳垂，笑了，随后走出家门。

7. 检察院 / 大门 · 日 · 外

清晨，阳光普照。

检察院大楼上的国徽显得庄严肃穆。

一辆出租车停下，陆刚走下出租车。

【画外音】记者：快看，是那个检察官。

一群记者从角落里跑出来，围住陆刚。

一名记者：你好，你是陆刚检察官吧，听说检察院将方志鹏杀人案移交给你，你能不能说一下检察院为什么会做出存疑不起诉的决定？

陆刚一言不发，推开记者走进检察院，几个保安将记者拦在检察院外面。

8. 检察院 / 电梯口 · 日 · 内

电梯门打开，陆刚迎面碰上书记员黄圆圆。黄圆圆穿着检察服。
黄圆圆把陆刚拉了过去。

黄圆圆： 你怎么才来？小组会都开了好久了。（又指陆刚的头）你的头好啦？
局里好像已经抓到人了！这事一定要严惩凶手。对了，外面是不是
有好多记者，你有没有被他们堵到？

黄圆圆语速极快。陆刚有点应接不暇。

陆　刚： 得，得，打住，这么多问题，我先答哪个呀！还是我先问你，你怎
么穿着检察服，不是特意站电梯这儿迎接我吧？

黄圆圆：（反应过来）呀，上午刚跟李处出了个庭，我这正要下楼去盖章，
你这一打岔我都忘了。

陆刚从包里拿出 U 盘和几页纸，交给黄圆圆。

陆　刚： 顺便帮我把报告打印了，一会儿拿到会议室。

黄圆圆欢快地离开，陆刚走到会议室门前，推开门。

9. 会议室 · 日 · 内

会议室里，五名主诉检察官、三位处长、一名负责记录的内勤，正在开案件
讨论会。
处长孙恒英用笔敲了敲桌子。

孙恒英： 上周的案子，法院判了缓刑，刘华经过审查认为量刑畸轻，应当提出抗诉，按照程序提交主诉检察官会议讨论。下面，我们……

这时陆刚走进来。大家停止说话，目光都集中在陆刚的头上。

孙恒英： 老陆，头没事了？我不是和你说在家多休息几天嘛。
陆　刚：（摆摆手）我这没什么事了，工作要紧。
孙恒英： 老陆，你放心，这次的事单位很重视，你这打绝对不能白挨。
李亮文： 就是，这放古代已经是够砍头的重罪了，袭击朝廷命官。
陆　刚： 哪儿有那么严重？咱说正事。
刘　华： 这已经够严重了，如今虽然不能和古代旧社会相比，但至少我们也算是为人民服务的人民公仆，现在怎么沦落到这种程度！

大家都有些义愤填膺，陆刚倒是坐下来十分平静。

孙恒英： 别发牢骚了，挨打也不是没有原因的。在我们做出存疑不起诉后，上周公安局正式提出复议，被害人家属也提出申诉，现在社会上对这个案件的反响非常大。我们做出不起诉决定是十分慎重的。但没想到这个案件在网络上被曝光后，引起这么大的反响，各种评论对我们检察机关非常不利。我们得尽快表态。（对陆刚）老陆，你今天来想必是有什么结果了吧？

黄圆圆走进会议室，将手中准备好的材料交给陆刚，陆刚把材料拿在手里。

陆　刚： 好了，这是我最近的调查结果和我的意见。但在交给大家前，我想听听大家的意见。
孙恒英： 也好，大家也都谈下自己的看法，别再说老陆的头了。

李宏瑞： 因为这案子网上都在骂检察院。那我们怎么办？维持不起诉吧，老百姓不满意；不维持又是打咱们检察院自己的脸。现在被害人家属情绪很大，你就得适当地让一让，得化解纠纷，不能让矛盾在你这儿激化，得让老百姓得到他们想要的正义，过去叫什么"除暴安良，劫富济贫"。咱们哪，要在法律和现实中找到一个安全点，尽量做好自己的本分，只要问心无愧就好喽。

李亮文： 对。如果我们现在再坚持存疑不起诉的话，老百姓的负面情绪可能会更大。这样可能会引发更多的矛盾，反正现在案子还存在不少疑点，不如就顺应民意，起诉嫌疑人。

刘　华： 那如果被告人最后定无罪，我们不是自己打自己脸？我们不能因为要缓和与老百姓之间的矛盾就没有原则呀。

同事们讨论变得激烈。陆刚打断大家。

陆　刚： 各位，你们有没有发现，我们刚才讨论的重点好像已经偏离了法律现实，现在对于我们破案影响最大的反而是群众的反响。

李宏瑞： 没办法，最终问题还是根本没办法和老百姓沟通。我们任劳任怨地工作，结果还不是有人天天在网上骂。

孙恒英： 老陆，你说这个有什么用意？和我们现在讨论的重点有关吗？

陆　刚： 可能关系不大，但又有关系。我能想到这点也是因为我昨天遇到的一件事，它改变了我的许多想法。我想在说案子前，先讲讲我昨天参加的一次家长会。

大家都狐疑地看着陆刚。

10. 学校/礼堂 · 日 · 内/外

镜头从恬静的大学校园穿过，最后落在双门紧闭的学校礼堂上。

字幕：一天前

【画外音】一个略显稚嫩的声音在说话。

女律师：以上就是我的总结陈词，希望法官以及陪审团可以给我的当事人一
　　　　个公正的审判。

礼堂内，台上正在进行一次庭审，但站在舞台中央的女律师还有检察官，包
括坐在法官席上的，都是一群穿着不合身礼服的大学生，他们稚嫩的脸上都露出
紧张的神情。台下坐着几位老师，他们看着台上学生们的表演，不时交头接耳，
或者在本子上记一下。而在一侧的陪审席上，坐着十二位家长，每个人的表情不
一，陆刚也在其中。

法　　官：（同时）以上为法庭对本案做出的法律方面的解析。现在，陪审员
　　　　先生们，这是我对你们的最后说明：故意杀人，是本刑事法庭受理
　　　　的最严重的起诉。你们已经听过了所有的证词，而且相关的法律条
　　　　文也已经向你们宣读和解释过了。

扮演律师的女大学生说完总结陈词后走回被告席。在坐下的同时，背对老师
的她突然向着陪审席上的 4 号陪审员做了个飞眼。这个小举动引起陪审席上所有
人的注意，看起来沉稳的 4 号陪审员皱了皱眉，微微摇了摇头。坐在陆刚旁边的
7 号陪审员哈哈笑出了声。7 号陪审员的笑声引起了扮演法官的小文的紧张，结
果手中的稿子散落一地，引起台上台下一阵骚动，小文紧张地整理稿子，陆刚摸
了摸自己的耳垂。结果小文把头转向别处不看陆刚，继续读稿。

小文：（对十二位家长）现在，做出判断是你们的义务，分清事实和假象。
　　　　请记住，千万分之一的误判，都会造成当事人百分之百的冤案。

一个老师站起来拍手。

李老师：好，西法系补考模拟庭审部分到此为止。来帮我们学生补考的家长
　　　　和配合这件事的同志们，请在我们雷佳同学（指1号陪审员）也是
　　　　我们陪审团团长的带领下去教室参加接下来的讨论。另外，准备好
　　　　的教室由于正在装修不能用，我们临时安排了其他房间，也请大家
　　　　坚持一下，谢谢各位的配合。

其他老师这时已经退场。家长们被带领着离开座位走出法庭，十二位家长神
情木然，明显都没太明白。陆刚也跟了出去。

李老师：对了，忘了一件重要的事。今天考试最后陪审讨论的结果必须是
　　　　十二比零，如果没办法达成一致，讨论不能结束，这次讨论的时间
　　　　为一个小时。
7号陪审员：（插话）没必要吧，咱们要意见统一了，不就能马上结束了？
李老师：不可以，以往我们的补考遇到过这样的情况。只花了五分钟就给出
　　　　结果，但那结果根本不负责任。所以这次我们除了要有一个统一的
　　　　投票，还要给出相应的意见，另外，如果一个小时没有得到统一结
　　　　论的话，讨论还得继续，一直到有结果为止。我们可以等，今天结
　　　　束不了，就到明天。

最后场内只剩下7号陪审员、11号陪审员和雷佳。这三人向李老师凑过来。
7号陪审员一脸的为难。

7号陪审员：李老师，是这样的，我和你爱人约好了，要是一个钟头还不一
　　　　　　定完的情况下，我就没办法和你爱人聊了。
李老师：（拍了拍7号陪审员的肩）那你不用管，你就好好配合讨论，你那

事我知道了，我会帮你安排。你现在就去，赶快。

听了李老师的话，7 号陪审员满脸堆笑，又点头哈腰，小跑着出去了。

11 号陪审员凑过来，与 7 号陪审员不同，他满脸的跃跃欲试。

11 号陪审员：老师，你觉得还需要我干点啥？

李老师：（意味深长地拍了拍 11 号陪审员的肩）不需要，你是最优秀的。
你肯定能考上我们学校，我希望将来可以在课堂上看到你。

11 号陪审员听完满脸欢喜地离开了。这时只剩下李老师与陪审团长雷佳。

李老师：雷佳，你那边需要什么配合，调什么材料随时叫我。对了，记得把
他们手机收一下。

李老师与雷佳离开，虚拟法庭上只剩下刚才在法庭上表演的孩子们，他们脱
下各自的服装，松散地坐在法庭的各个角落，这里不再是刚才严肃认真的状态。

11. 学校 / 校园 · 日 · 外

十二位家长往小礼堂走，整个过程都是运动的，几个家长没有站成一队，而
是几个人一小群地缓慢向前前进。

3 号陪审员与 6 号陪审员聚在一起边走边聊。

3 号陪审员：学校太不是东西了。你说多好的孩子，被这么变着法地折磨。
你说这学西法不是有病吗，西法西法，能往咱东方人身上用吗？
学了半天到最后不及格，还影响将来咱们孩子在中国工作，这
有逻辑吗？

6 号陪审员：就是呀。如果因为这个西方庭审考试耽误了孩子们的前途，往

大了说都是我们教育的悲哀。

与此同时，12号陪审员不停地从一小撮人里转到另一小撮人里，不停地递给别人名片。

12号陪审员：来，来，咱们坐在一起也是有缘，大家认识下。

别人都随手把名片放兜里了，只有2号陪审员看了一眼名片，嘴里还轻轻读了句。

2号陪审员：立安保险，资深业务员……

另一边7号陪审员也从兜里拿出包烟，见人就递。但除了3号陪审员、10号陪审员、12号陪审员，其他人都没有接。7号陪审员一边递着烟一边说着。

7号陪审员：您说是吧，偷东西剁手，杀人偿命，这还讨论什么啊，咱们老
北京人不就讲个理吗！您来一根？

4号陪审员忙着给小女友打电话。

4号陪审员：你先喝点水，等我一会儿，我马上就出来了，好的好的。

同样，有的人随口附和了一声，有些人没有搭腔。大家依然缓慢走着。这时陪审团长雷佳从队伍后面快步跑上来，跑到队伍前面。陆刚低头走在队伍中，和3号陪审员聚到一块。

3号陪审员：刚才演法官的是您儿子？

陆　刚：（反应）啊！没错！

3号陪审员：小伙子，长得真帅啊。（看陆刚的脸，带着出租车司机特有的贫）
您别看您小鼻子小眼儿的，怎么能生出那么一个浓眉大眼的儿子

来呀，真是让人羡慕嫉妒恨啊，基因那东西我觉得不一定可靠。

陆刚看了3号陪审员一眼。

3号陪审员：您别多心，我的意思就是您孩子天生就是当法官的料，小脸上
　　　　　　就写着公平正义，太值得信任了。

陆刚笑了，是那种被人夸了孩子由衷的笑。
说话间，几个人就来到了场馆的门口。

12.　陪审室　·　日　·　内

这是一间大而单调的场馆，除了房间正中摆放着长桌与椅子，还零零碎碎地
放着一些消防栓和体育用品，能看出以前这是一个小体育馆。桌子上空荡荡的，
四围放着十二把椅子。还有饮水机、纸杯以及一个废纸篓。饮水机上方有面钟。
墙上还有一排挂外衣的钩子，钩子上方有个架子。桌上放着铅笔、便签本和烟灰
缸。房间在晚上是靠荧光灯照明的。灯的开关在门的旁边。屋顶吊着架电扇。

13.　虚拟法庭　·　日　·　内（加）

虚拟法庭的电视机里放着的正是陪审室的画面。
十二个孩子已经换上便装，他们并排坐在舞台边上，一边喝着可乐一边看着
电视画面。

【画外音】几个家长的说话声。

14.　陪审室　·　日　·　内

【画面接上面电视画面】
陆刚放下球拍，转身看了一眼大家，很显然他想和大家说些什么。同时，他

又望了眼自己的包。

7号陪审员一边呼扇着衣服一边试着到处看。他身后有一把网球赛裁判用的高椅子。椅子上放着一台风扇，7号陪审员爬上去折腾了半天也没把风扇打开，有点骂骂咧咧地走了下来。

7号陪审员：这风扇怎么是坏的呀！

9号陪审员，那位老人在房间里转悠了半天，最后停下。

9号陪审员：劳驾，谁能告诉我一下，厕所在哪儿？

9号陪审员的脚下是喷绘的大大的WC字眼，旁边还画着箭头，指着厕所的方向。几个人听见9号陪审员的话，用手指了指9号陪审员的脚下。9号陪审员低头，恍然大悟，进了盥洗室，然后进了厕所。

7号陪审员：（对陆刚，指指身后的厕所）老哥们儿，够勤的啊。

陪审团长拿着一个袋子边走边说。

陪审团长：哦，对了！大家都把手机关了。
大家反应强烈，"为什么呀"，"我这还等着一重要电话呢"。
陪审团长：为了严格模拟陪审团讨论，陪审团成员在做出判断的时候不得受到来自外界的任何干扰。就那么一小会儿，家长们都理解配合一下。

大家纷纷拿出手机关机，然后放在老师的手提袋里。只有11号陪审员没关手机，他的手机是iPhone，满脸舍不得，最后还是趁大家不注意偷偷放进裤兜里。陪审团长走到11号陪审员面前，11号陪审员摊了摊手。

11 号陪审员：没带。

这一幕被陆刚看在眼里。
陪审团长将手机袋子放在一旁，走到桌子前自己的位置上，拍了拍手。

陪审团长：好了，咱们各就各位吧，早开始早结束，咱们开始就座吧。

大家立刻向桌子聚了过来，但刚刚坐下，陪审团长好像想起什么。

陪审团长：对不起对不起，咱们还必须得按照规则来。还是按着刚才法庭上的顺序，围着桌子顺时针地坐。从我这 1 号陪审员开始，（用手指）这边是 2 号陪审员、3 号陪审员，到那是 7 号陪审员，转过来这是 8 号陪审员、9 号陪审员、10 号陪审员、11 号陪审员、12 号陪审员。

大家表示理解，重新站起来找好自己的位置坐下。9 号陪审员还在厕所里。

陪审团长：先生，站在那边的先生？

陆刚从深思中回过神来。

陪审团长：这位先生，麻烦您坐下。

陆刚摸了摸头上的伤口，坐了过去。

陪审团长：大家谁知道那位先生在哪儿？
7 号陪审员：又哗去了，那老哥们儿够勤的呀！

7号陪审员边说边小跑着跑出去。

9号陪审员从盥洗室走出来，坐到自己的位子上。

9号陪审员：对不起对不起。

十二个人都落了座。

15. 虚拟法庭 · 日 · 内

电视里的镜头直对坐好的十二个人。

一个男生张开双手从其他学生面前走过，每经过一个人，都会有一个人往他左手里放上一个可乐拉环。直到走到小文的面前，小文举着手里的可乐拉环，看着男生放满可乐拉环的左手和空空的右手。

男生：等什么呢？还能有别的结果吗？

16. 陪审室 · 日 · 内

陪审团长：好了。咱们现在就开始吧。先说一句，我这也不是内行，人老师让我配合当陪审团长，那我就勉为其难先开个口。咱们这次全是为了孩子，受累几分钟。那下一步（环顾了一眼大家）咱们怎么办？刚才老师还说要我们讨论得到一致的结果。

4号陪审员：哎，就是走一形式嘛，咱们赶快投票吧。

7号陪审员：对，咱们投吧。投完咱们就可以都回家了。

陪审团长：随你们吧。不过我说各位，要是在美国。我们投完这票，那孩子就得判死刑了。有人不想投票吗？（他环顾了一下，没人说话）好。不管怎么样，结果必须是十二比零。这是法律规定的。OK了啊，那我再把案件简述一下，准备好了咱们就开始了，所有认为"有罪"的人举手。

手，齐刷刷地举了起来。

17. 检察院/会议室 · 日 · 内

【画外音】李亮文：等一下。

陆刚停住说话。会议室里的人全都盯着他。

李亮文：你是说政法大学用学生组织了一次虚拟法庭，完全用西方法庭的方
　　　　式来讨论我们现在手上这案子？

陆　刚：（点了点头）没错。

同事中有人互相看了看，笑出声来。

李宏瑞：有没有搞错？这根本不是一回事，还让家长当陪审团参与讨论，这
　　　　是毫无可比性的做法，政法大学这回做得可有点太不专业了。

李亮文：这个先别管，那结果呢？我现在就想知道结果，是不是那些家长全
　　　　举手了？

陆刚没说话。

李亮文：你快说是不是？

刘　华：不可能有别的结果，这根本就是多此一问。

李亮文：老陆，你举没举手？你应该利用这机会给这群法盲上一课。

孙恒英：哎，陆刚，我想你应该知道作为检察官，不能随便讨论自己手上的
　　　　案子，那会直接涉及工作纪律。

陆　刚：这也是我马上就要说到的事情。我绝对会严守工作纪律，不会透露
　　　　一点工作内容的。

李亮文：那你也举手了？

陆　刚：也许我应该跟那些人一样随便地举下手，结束这场无意义的讨论，可我坐在那里，看着所有人都那么随便就举起手，认为那孩子有罪，我突然想到，这不就是我们一直说的沟通机会！我想利用这次机会和他们谈谈。当然我只是代表一名普通的家长和普通的公民，和他们好好谈谈。

孙恒英：可是你明知要面对十一比一的局面，又不能表明身份，那你是怎么做的？

18. 陪审室·日·内

七八只手马上举了起来。另外几只举起来得慢一些。每个人都在四处看，陪审团长站起来，开始数数。9 号陪审员的手这时才举起来。除了陆刚，其他人都举了手。

陪审团长：（依次数着）……九……十……十一。十一票"有罪"。OK。"无罪"？

陆刚慢慢举起了手。

陪审团长：别走别走！（忍了又忍）大家听我说！有一票无罪！（对 7 号陪审员）李老师要求的是十二比零！现在是十一比一！您不是答应好李老师配合的吗！十一比一，补考没成绩！我说明白了吧！

陪审团长坐回座位上。

10 号陪审员：（哧溜吸了一口气）瞧见了吗？这就是中国。

7 号陪审员：（停了一下）我这不是配合着呢吗！

陆　　刚：我觉得，咱们应该讨论讨论。

10 号陪审员：啊？！

3 号陪审员：（向陆刚俯过身去）不是，你怎么会认为他没罪呢？

陆　　刚：我不知道。

3 号陪审员：我怀疑你刚才是一直睡觉来着。就算你刚才睡觉，你电视总看
　　　　　　吧，网你总上吧？广播里天天讨论这个案子，你总听见过一耳
　　　　　　朵吧？

陆　　刚：可他和我们的孩子一样大，才二十岁。

3 号陪审员：十八就够判的了！您知道他杀的是谁？那是他爸！

6 号陪审员：（对陆刚）这确实有点太明显了。你看网上有多少人在说这事。

3 号陪审员：昨天听一天，今天听一天，两天了！（对陆刚）我看这真就是
　　　　　　个一清二楚的事儿。孩子们找了那么一大堆证据，都证明完了。
　　　　　　您还没听明白？

陆　　刚：那倒不是……

10 号陪审员：那您为什么不同意呀？

陆　　刚：我就是想，再讨论一下。而且人家让咱们到这儿来不就是干这个
　　　　　　的嘛！

7 号陪审员：十二个里头十一个觉得有罪，就您不觉得！您再想想……

10 号陪审员：（对 7 号陪审员）不不不，我跟他说我跟他说。（对陆刚尽
　　　　　　可能心平气和地）那您说说，您为什么投"无罪"？

陆　　刚：既然已经有十一票投"有罪"了。我觉得，不先说说清楚想想明白，
　　　　　　就举手把一个孩子推上死路，有点儿——太快了。

7 号陪审员：快怎么了？哦，快就是错的？！

1 号陪审员：我想强调一下，今天孩子们在法庭上不是演节目，学生们也都
　　　　　　是熬夜写论文、写材料来的，我觉得应该认真点儿！

陆　　刚：对呀！这里边有些人将来是要当法官的。不管一个案件是不是虚拟
　　　　　　的，我觉得也应该让他们养成认真对待的习惯。就像您说的，要不

然将来把案子交到这样的法官手里，您放心吗？我也不是想让您改主意，咱们今天的讨论是虚拟的，但这案子是真的呀！咱们的判决关系到一条人命啊，您举手的同时，那个被告在您的心里可就死了。要是假设他真的无罪呢，怎么办？

7 号陪审员：那要是这么说，什么事儿不能假设呀。

陆　刚：是啊，什么事儿都可以假设。

7 号陪审员：（停了一下之后）这跟用多长时间有什么关系呢？反正我们十一个人确实认为他有罪。所以就算我们用五分钟就完了，那又怎么样呢？

陆　刚：既然时间不是问题，那咱们用一小时讨论讨论？（7 号陪审员插嘴，一个小时！）为了孩子们，行吗？

7 号陪审员：（停顿了一下，笑着）行吧，计时吧！

一阵沉默。

陪审团长：（对大家）有不同意的吗？没有不同意的！那咱们现在开始讨论！这样，咱们按陪审团的排号发言，（看着 2 号陪审员）您是 2 号陪审员，从您开始。

2 号陪审员：……（腼腆地摇摇头）

3 号陪审员：认真，我没意见，但是得给孩子们留时间哪。不瞒各位，我今天也是替我妹妹来的，咱们得给孩子们留点儿时间啊。

9 号陪审员：嗯！为了孩子们，我愿意花这一个小时。

陆　刚：谢谢。

10 号陪审员：对！也就您有这闲工夫儿。

11 号陪审员：大哥（对陆刚），我觉得聊不出啥来。这个"富二代"平时对人就不礼貌。他老乱停车，保安说他他不光不听，还要打人呢！

陆　刚：（回头看着他）你是怎么知道的呢？

11 号陪审员：刚才的录像里有啊！

陆　刚：哪段？

11 号陪审员：就是采访老头儿的那段。

陆　刚：我怎么没看见？（对陪审团长）那麻烦您把电脑里的那段视频找出来。

陪审团长在电脑上找出来，陆刚和 11 号陪审员过去看。

陪审团长：不就这段吗，我也没看见哪！

电脑屏幕播放视频：*画面里一群人走进老人的家。老人往床边走去，摄影机留在门口，保安队长操着河南口音和采访者说话。镜头甩开保安和采访者推上去。*

11 号陪审员：就这儿！

陆刚和 1 号陪审员面面相觑。

陆　刚：哪儿？

11 号陪审员：倒回去，你听。

这时大家才注意到。

【闪回】视频画面转入现实。

【画外音】保安队长：个龟孙儿，开这个车，动静儿可大！叫他停外边儿他根本不听，还老要打人！我看就是龟孙儿干咧。

摄影师制止。

摄影师：我们开始录像了。

保安队长：你们照你们照。

【画面定格在老人准备开口的地方】

11号陪审员：就这儿！这还不说明问题吗！他不守规矩，绝对不是啥好人！

陆　　刚：不守规矩的就都不是好人吗？

11号陪审员：对！

陆　　刚：那刚才让交手机的时候不交，是不是也算不守规矩？是不是也算坏
　　　　　人呢？

11号陪审员有点惊慌地看着陆刚，脸憋得通红，陆刚眼睛看了一下11号陪
审员插在口袋里的手。

11号陪审员：（有点挂不住）……两回事……

陆　　刚：一个奉公守法的人偶尔也会干点不守规矩的事儿。我就是想说，一
　　　　　个人曾经干过什么和他现在会干什么之间没有必然的联系。

10号陪审员：咱们在这儿这一个钟头聊什么呀？

陆　　刚：我们坐在这就是要弄清楚，为什么一个二十岁的孩子要去杀人，他
　　　　　家里很有钱对吧？住豪宅，开跑车。我不明白，既然他的生父是跟
　　　　　他要钱，他又有钱，他为什么不给钱，而一定要选择杀人来解决问
　　　　　题？——换成我，我不会，我觉得这不合逻辑。

10号陪审员：我觉得挺有逻辑。我的意思是说，那个"富二代"，钱也不是
　　　　　自己挣的，对不对？他的亲爸爸跟他要钱，他自己没有，得跟
　　　　　自己这后爹要，对不对？老要老要这后爹就烦啦！这孩子好不
　　　　　容易过上这日子，他怕这后爹真烦了给他踹回穷窝儿里去！

陆　　刚：所以他就杀人？

10 号陪审员：一般人家的孩子，干不出来！你得看他是什么人教育出来的，他亲爹就不说了，河南人，蹲过大狱、离过婚，一个能把自己的儿子扔了的人，能是好人吗？！再瞧这后爹，河南农民，说是十年时间的艰苦奋斗，从负债累累到身家过十亿的药业大款。我也艰苦奋斗来着，你别告诉我没违法乱纪能一年一个亿地挣钱！我不信！这种人培养出来的孩子杀人，你真觉得不可能？！而且啊，这一儿子俩爹——可都是河南人！北京是怎么开始乱的……

11 号陪审员：你凭啥这样说，河南人招你啦？

10 号陪审员：怎么啦？

11 号陪审员：我就是河南人！

10 号陪审员：（尴尬）我这也是萝卜快了不洗泥，话要是捎着您了，您自己往外择着听。我没那意思……

9 号陪审员：你不能这么说外地人。

10 号陪审员：您什么意思？话也捎着您了？

9 号陪审员：你没权利这么说话。

10 号陪审员：我又不是冲他，我这不是说事呢吗？

9 号陪审员：那也不行。

3 号陪审员：行行行……

10 号陪审员：我说错什么了！

12 号陪审员一直在本上写写画画的。

4 号陪审员：这么说就没完了，要不咱们就说说讨论的这个案子，只讲事实。

陪审团长：对。这是正事儿，干吧。也许那边那位不同意的——8 号陪审员先生能告诉我们为什么他不同意有罪。他是怎么想的——这样我们可能让他看到他在什么地方弄错了。

11 号陪审员：（看着 12 号陪审员乱画）你干吗呢？

12 号陪审员：嗯？噢。（他把画的表格立起来）这是我们公司最新一款保险产品的年利率表，养老加基金，回报相当不错。我刚才在算，如果现在给孩子们上一个这种保险，将来十年后收益，你们猜多少……

陪审团长：（敲敲桌子）哎哎，别打岔别打岔！抓紧时间！

2 号陪审员站起来，从椅背上拿起衣服，从他的外套兜里掏出一包止咳含片。

12 号陪审员：不，我听着呢。哎！我有个主意！可能不是吗好主意啊。既然就……您一人和咱们意见不是一回事儿，那我觉得咱们就说服他不就完了吗（指陆刚）——（对陆刚）我不是针对您啊，我就是觉得这样儿最保险……

陪审团长：刚才说过了，按号码，一个一个说，围着桌子，按顺序发言，没人儿听啊。

7 号陪审员：听，干吗不听啊！早完早散！

陪审团长：都没意见吧……（对 2 号陪审员）那他是第一个。

2 号陪审员：我就说一句，孩子们大热天的，做论文不容易，老师也不容易，我觉得咱们认真点儿也是对的。但是关于案子我没什么说的，我觉得那个"富二代"有罪。因为从反证法的角度，我们没法儿证明不是他干的。

陆　刚：不需要有人证明不是他。只要在证明是他的过程中存在疑点，我们就不能确定是他。

2 号陪审员：不能用反证？

陆　刚：不能。

3 号陪审员：我没明白您要是仔细听了老头儿的话，这有什么难的！（对 1 号陪审员）麻烦您再把楼下老头儿的证词给他说一遍。

7 号陪审员：孩子甭说啦，甭耽误那工夫，要不我给您演一遍。

3 号陪审员：住在凶案现场楼下的那位老人，在凶案发生当晚十二点十分的时候，听到了类似争执的吵闹声。他听见那个"富二代"大喊着——"我要杀了你"，一秒钟之后他听见有人摔倒的声音，于是他跑到门口，看见"富二代"冲下楼梯，离开。他跑到楼下报警。警方发现，死者的胸口上插了一把刀。铁证如山！你不能反驳证据吧！这小子有罪，他就得为他做的事儿付出代价。这多简单啊！

7 号陪审员：对呀。

陪审团长：对不起，对不起，咱们按顺序。

4 号陪审员看了一眼 7 号陪审员。

7 号陪审员：该您！

4 号陪审员：（摘下眼镜）不光是这个，我觉得"富二代"不在场的证明也有问题，根据两个证人的证词，十二点十分的时候"富二代"应该在案发现场，而"富二代"却坚持自己在家。案发当晚，"富二代"家里正在开派对，派对是在夜里一点的时候因为警察来抓"富二代"结束的，但是参加派对的人都说，在整个派对开始的时候看见了"富二代"，而在之后再也没有见过他。"富二代"自己是怎么解释之后没有人看见他这件事儿的呢？他说没有人在十二点十分的时候看见自己，是因为自己心情不好，待在房间里。心情不好、烦，作为一个不在场的证明——这个解释是不是有点儿太牵强了。

3 号陪审员：对对对。（对 4 号陪审员）我就是想说这个来着。

4 号陪审员：他不在场的证明有问题……

10 号陪审员：这都说远了！那个住在街对面的女的呢？她和楼下的老人一起接受采访。如果他们俩人的证词还不能证明的话，那就没有东西可以证明了。

11 号陪审员：对。那女的是真正看到谋杀的人。

陪审团长：咱按顺序说，别乱别乱。

10 号陪审员站起来，手里拿着纸巾。

19. 筒子楼 / 案发现场 · 夜 · 内

【画外音】火车经过的轰隆声。

一个女人躺在床上翻来覆去。

【画外音】10 号陪审员：那女的说她躺床上睡不着觉，天儿热呗！甭管怎么着吧，反正她是没睡着，她是从窗户里往外看了那么一眼，当时的时间是十二点十分，她不用看表也知道那是几点，因为每天十二点十分准有一辆城铁回库，得从她窗户前边过去。她亲眼看见了！这还有什么不明白的吗？！

女人坐起来，看到街对面的筒子楼里还亮着灯的窗。

窗里映出两个男人的身影，他们正在厮打，一个弱小的身影拿起刀捅进另一个人的身体。

20. 陪审室 · 日 · 内

10 号陪审员擦了擦鼻子看着陆刚。

陆　刚：那我能问个问题吗？

10 号陪审员：啊。

陆　　刚：（对 10 号陪审员）既然能怀疑那个"富二代"的证词，那我们能不能也怀疑这个女证人的证词呢？

10 号陪审员：（突然急了）你这就有点儿故意找碴儿了！

陆　　刚：我没那意思……

10 号陪审员：（生气地）您这叫抖机灵儿……

3 号陪审员：别急别急！

10 号陪审员坐下了。

陪审团长：该谁了？（对 5 号陪审员）哦，对对对，该您了该您了。

5 号陪审员：我绷会儿，您先来。

6 号陪审员：哦，我觉得一听见孩子们说完这个案子，我就非常肯定这个孩子是杀人犯。

陆　　刚：原因呢？

6 号陪审员：动机。我原来啊看电视剧还不明白为什么警察老把"动机"挂在嘴边上，现在我才明白，一个没有动机的人是不会作案的！所以不管怎么说，那些住在那个受害人——也就是那个穷爸爸对门的人的证词，非常有力，因为他们没有说谎话的动机。他们不是说那天七点钟左右的时候，父子两人吵了一架嘛。我可能说错了。

陆　　刚：是八点，不是七点。他们听到有争吵，但是他们听不清争吵的具体内容。只是，反映说，死者是"富二代"的生父，死者小区的邻居都知道他经常勒索"富二代"，找"富二代"要钱，所以每次都会发生激烈的争吵。说死者经常骂"富二代"骂得很难听。每次他们都能看见男孩很生气地开车离开。但，这能证明什么呢？

6 号陪审员：激烈争吵之后杀人，这不就是杀人动机吗？

陆　　刚：您说这就是杀人的动机。我知道，刚才那个法庭上也有孩子说了一样的话。

6 号陪审员：我儿子。

陆　　刚：哦，是吧。可是我觉得不对。这个男孩生活条件是很优越的，而且和这个生父才见过几次面，不太可能因为吵几次架，被骂了几句就去谋杀。这太说不过去了。

4 号陪审员：不不不，可能就是因为骂了那几句。每个人心里可能都有那么个地方儿，谁也不能碰，一碰就炸。

陪审团长：（对 6 号陪审员）您说完了吗？

6 号陪审员：我能再多说一点吗？

陪审团长：当然啦！

6 号陪审员：（对陆刚）我不同意您的结论，但是我赞赏您的态度。我是急诊科医生，在工作当中有时候碰着这种情形，有的病人已经认定是脑死亡了，身上插满了管子，看上去非常痛苦，他的家属就更痛苦。他们讨论以后要求放弃治疗。尽管我觉得这个生命已经是不可逆的了，但是这个时候，要我同意家属的这个要求，虽然已经没有任何法律障碍了，我仍然觉得非常艰难。尊重生命，这就是我赞赏您态度的原因。我再表一次态，我仍然认为这个"富二代"是有罪的，我说完了。

陪审团长：明白了。（对 7 号陪审员）到您了。

7 号陪审员：我？（他停住了，左右看看）我不知道，基本上都说过了。我们可以永远这样说下去。你们看网上怎么说那孩子的了吗？"富二代"！从小娇生惯养，在国外读了两年书，考不上大学天天闹事。去年还有一次酒驾给逮了。我看完都觉得，（反话儿）这不典型一好孩子吗，您说呢？（对陆刚）

陆　　刚：但是邻居们也反映说，这孩子和他生父回回吵架，但是每次孩子走后就看见他生父一箱一箱往家里搬酒，说明孩子再不愿意，也次次都给他钱了呀。至少从这点上看，孩子还是挺仁义的……

4 号陪审员：你不觉得这种一次一次的敲诈，也是一种他杀人的动机吗？

陆　　刚：（停了一下之后）我也不知道。敲诈——是可以造成他的愤怒，但杀人，就完全是另外一回事儿了。

3 号陪审员：现在的孩子，可不能以我们小时候的标准衡量他们！他们一点规矩都没有，打都没用，那心里边冷极了！就他们对你说话那态度，我小时候要是敢那么对我爸说话，那刀早插我胸口上了。我告诉你，我像他这么大的时候，我叫我爸都说——您，跟别人提起我爸来都用——您！现在哪个孩子这还会好好儿说话？

陆　　刚：称呼有这么重要吗？

3 号陪审员：我不知道你，可能你听着挺顺耳的！我不成！　现在十五六岁的孩子就会挤兑大人了，一孩子打我车，我憋了泡尿，想开快点，等他下车找地方解手儿，他张嘴就说，你一车豁子开一辈子车呢，急什么呀，我忍住了没抽他，当时就让他下车了，他回手儿就给我告公司了，赔了好几月车份儿！我天天起早贪黑地开出租，我为了谁呀，不就为了供我那孩子上学吗！结果那倒霉孩子他妈越学越浑蛋，天天跟我吵，把我这心都操碎了，他……（他突然打住。他说了本没打算说的话，有些尴尬。）没劲，不说了……赶紧吧。

4 号陪审员：（站起来）我觉得咱们没抓住要点。我们到这儿来是为了决定他是不是有罪的，不是为了研究他怎么长大的，在河南和河北……

10 号陪审员：（打断）太对了！你真得看他是什么地方儿的！俗话说得好啊，龙生龙凤生凤，一外地二道贩子养大的人，能是好人吗？

5 号陪审员：（赶着站起来，把 10 号陪审员的话堵在半道）这哥儿们，外地人招你惹你了？

10 号陪审员：怎么了……

5 号陪审员：你说怎么了？河南人偷你的了？

10 号陪审员：（火气上升）没偷我也没抢我，我愿意说呀！

5 号陪审员：（大声地）你再说一个试试？

陪审团长：（对 5 号陪审员）大哥！大哥！他这是说事呢，他不冲人！

5 号陪审员：你怎么知道他不冲人啊？

3 号陪审员移动到 5 号陪审员的位置，拍着他的肩膀。5 号陪审员没向上看。

3 号陪审员：他不是这意思，他说我呢，您太敏感了。

11 号陪审员：没法儿不敏感。

3 号陪审员：有他什么事啊！

11 号陪审员腾地站起来，跟 10 号陪审员对视着。

陪审团长：好好好，别吵了。（指着陆刚）该你了。说吧。

陆　刚：啊，我没想到还轮到我。我以为只是你们说，我听呢，不是吗？

陪审团长：行吧，那下一位……

10 号陪审员：（接陆刚的话）什么叫听我们的呀，我们应该听你的呀！这
　　　　　　里边儿就你不同意呀。

陪审团长：我觉得咱们还是应该按照规则来，要不然真进行不下去了！

10 号陪审员：（打断）别弄得跟过家家似的，有劲吗？

陪审团长：（也失去了耐心）没劲！（站起来）你有劲你来啊！你坐这儿。
　　　　　　你负责组织一不像过家家的。我闭嘴，行吗！

10 号陪审员：不是，你跟我急什么呀？又不是我害得大家都在这儿窝着的，
　　　　　　你跟他急呀！

场面一片混乱，大家纷纷劝解着二人。

一个长时间的停顿。

陆　刚：团长，团长？要是没人要发言了，我想说说我是怎么想的。

陆　刚：我怎么都行。

陆　刚：（停了一下之后）其实这事特简单。我知道的跟你们一样多。根据证词，那个"富二代"是有罪。而且他很可能真就有罪。因为这件事闹得挺大的——网上，电视上，包括模拟法庭的庭审，孩子们都这么说，结论几乎是百分之百的。就是这点，反而让我从一开始就有一种特别奇怪的感觉。怪在哪儿呢？天底下没有什么百分之百的事啊。所谓的百分之百，都是一个四舍五入的结果。而事情的真相可能就在那些被舍掉的小事儿里，那些特小的小事儿里。

10 号陪审员：什么小事儿啊？首先，我们在这儿判决半天起不了什么真的作用；其次，答案都这么明显了，再说小事儿那就是吹毛求疵了。

陆　刚：（拍桌而起）咱们现在是在法律大学的教室里，为了一批将来要成为法官的年轻人在讨论一件谋杀案！当然是为了我的儿子，也是为了您的儿子！是为了我们的孩子在谈论一个人是有罪的还是无罪的！这个人是不是应该被枪毙，事关一个人的生命，难道不应该吹毛求疵吗？！往大了说，事关一个国家未来法律的公正！不应该吹毛求疵？！（停顿）吃饱了撑的，把孩子送到这儿来念书！

大家都很安静，10 号陪审员也坐在了自己的位子上。

陆　刚：对不起，咱们说回这个模拟法庭。比如说，刚才在法庭上扮演辩护律师的那个女孩，我就认为她从一开始就认定自己的被告是杀人犯，没有做出有力的辩护！我要是那个"富二代"，今天站在这个法庭上，肯定得要求换个律师吧！这个审判是关系我生死，决定要不要枪毙我的！那我一定会希望我的律师，能把什么检方啊，什么证人哪，辩得体无完肤才好！至少你得试着驳倒他们。但是这女孩儿没有！（对 4 号陪审员）不好意思，刚刚说的那是您女儿吧？

6 号陪审员：噢，刚刚那是您女儿啊？

7 号陪审员（脸上带着别有深意的笑）：干的！

旁边有人开始乐，窃窃私语，恍然大悟的样子。

12 号陪审员：干的啊？

4 号陪审员：（有些难堪）大伙一说这事都特兴奋是吧？我们俩就是恋人关系，不像你们想象的那样，我们是奔结婚去的（向周围的人展示着自己手上的戒指），岁数差距也没那么大啊。我留胡子完全是为了这两天装她爹呀，这不露馅了吗。差距不大，说正事，说正事。

陆刚把话题往回拉。

陆　　刚：好，我们说回正题，咱们这案子现在有两个证人，一个说自己看见了谋杀，另外一个说自己听到了谋杀，并看到了嫌疑人跑出去。一般的案件应该比现在吸纳更多的证据，那我就要问了，万一要是这两个证人错了呢？

12 号陪审员：哥哥，这可没有啊！证人必须得是对的呀！要不，要证人还有吗用啊？

陆　　刚：那好，我问个问题，证人有可能犯错儿吗？

12 号陪审员：您说了人命关天，谁会犯错儿啊！

陆　　刚：可他们也是人哪。是人就会犯错。你说他们是不是人？

12 号陪审员：那他们就不是人！

12 号陪审员没坐稳，话还没说完椅子就倒了下去。

大家再次发笑。

12号陪审员站起来，示意大家不要担心。

12号陪审员：不用扶不用扶，我有保险，不用扶。我觉得他们不会犯错儿！

陆　　刚：能保证吗？

12号陪审员：能！

陆　　刚：你能保证他们这辈子做的每一件事说的每一句话都是对的，一次错误都没犯过！对吗？！

12号陪审员：……这事儿怎么保证啊。这又不是科学。

陆　　刚：对了，它不是科学。

3号陪审员：（对陆刚）那我提个问题，你给我解释一下儿。凶杀现场那把刀，是怎么回事呢？

2号陪审员：您等一下。他说话呢！

3号陪审员：他爱什么时候说什么时候说。现在听我说。（转向陆刚）那刀怎么回事儿？就是那把凶器，那把刀可不是普通的水果刀。网上已经有人曝出那把弹簧刀是很少见的，可是那"富二代"就有一把，而且一直放在他的车上。他说他把刀丢了，丢了？！

【闪回】

几张现场照片。照片上能清楚地看到男人胸口上的刀。一把不同寻常的刀。随后，又出现几张照片，显示孩子的车里也放着一把同样的刀。

【闪回结束】

陆　　刚：好！太好了。那咱们来说说那把刀。

陪审团长：（已经调出来了）那把刀叫网友扒出来了，就这把。那是一把手工刀，而且有编号，管制刀具，别人是买不着的。应该只有他有……

大家传阅着陪审团长的手机。

4 号陪审员：既然说到这把刀了，就跟着这把刀梳理一下案情。当天晚上八点，
　　　　　　"富二代"说他去了生父家，跟他生父吵了一架，他承认了对吧？

陆　刚：对！

21. 一组片段 · 夜 · 外

【闪回】

方志鹏开车从筒子楼离开。

方志鹏开车在街上兜风。

方志鹏回家，家里正在开派对。他一个人躲到屋子里。

【画外音】4 号陪审员：富二代说他从生父家出来的时间是晚上八点钟，他说，
　　　　　　他从案发现场出来之后没有马上回家，而是一个人
　　　　　　开车兜风去了，兜了一小时，九点的时候回的家。
　　　　　　并且没有跟派对上的人打招呼，直接回到自己的房
　　　　　　间之后就没有出来过。就从刚才这儿开始，他的证
　　　　　　词和我们推测的情况不一样了！他说他在自己的房
　　　　　　间里一直待到警察上门，自己被逮捕。而事实上呢，
　　　　　　没有任何人能证明他说的是实话。

【刚才的情景重组】

方志鹏打开窗户从二楼跳出去，开车离开。

方志鹏开车回到筒子楼，下车时，手里拿着那把尼泊尔军刀上楼。

方志鹏进屋举刀，向背对自己的生父走去。

【画外音】4 号陪审员：所有的证据和证人的证词都说明，真正发生的事情
　　　　　　是这样：他在八点的时候离开了生父家，把车停在
　　　　　　了小区外边，而他在十二点十分返回了筒子楼，用

车上的刀捅死了父亲，并逃出了筒子楼。慌乱中他忘记了拿走那把刀。而警察上门拘捕他的时候，他其实刚刚回家。

22. 陪审室 · 日 · 内

4 号陪审员把手机拿到陆刚身边。

4 号陪审团：这把刀这么特殊，只要看过一眼就肯定忘不了。这么罕见的物证，不需要再说明什么了吧。

陆　刚：罕见不代表就是唯一，难道就没有可能是有人用一把非常相似的刀杀死了他的生父吗？

4 号陪审员：仔细看看这刀。我就从来没见过像这样的刀。你是想让我们接受一个非常令人难以置信的巧合吗？

陆　刚：我没有让谁接受。我只是说有可能，有这样的巧合。

3 号陪审员：（嚷道）我告诉你这不可能！

陆刚在静默中等了一会儿，然后伸手到自己的口袋里，轻快地抽出一把刀。他把刀举在自己的脸前，弹开刀刃，然后向前倾身，把刀插在桌上，那把刀与桌上手机里的照片完全一模一样，房间里立刻爆发出议论声。

23. 检察院 / 会议室 · 日 · 内（5 月 20 日）

【画外音】黄圆圆：你把证物带出单位了？

陆刚从包里拿出一把尼泊尔刀，放在桌子上的文件夹上。

陆　刚："'富二代'杀人案"凶器同款，六十六元，包邮。

【闪回】

证物室里，桌子上的密封袋里，放着一把一模一样的刀。

【闪回结束】

李亮文拿起那把刀。

李亮文：做得也太真了吧，完全一模一样！

陆　刚：连编号都可以订制。

同事们传阅着刀，都感觉很有趣。

孙恒英：（接过刀）陆刚，你明知道这案子关键证据并不在这把刀上，这个讨论方向越来越偏，你这葫芦里卖什么药！

陆　刚：没错，那天在去学校之前，刚刚与刑警队重新做了取证，其实就在我的背包里，任何一个证据都可以完全推翻他们。可这第一违反我们的纪律，第二要想让群众们知道真相，还是需要从他们了解的那面入手。现在网络舆论都将这把刀放在案件的第一位，那我就从刀做切入口。

李亮文：可那不是越聊越偏嘛，明明这刀就是错的呀。

陆　刚：对，我并不是为了证明我对，而只要证明他们是错的。

24.　陪审室　·　日　·　内

6 号陪审员：我操！

几个人仔细地观察着桌上的那把刀。

7 号陪审员：这么大个儿把刀！

12 号陪审员：不像啊！

10 号陪审员：一点都不像！

11 号陪审员：这刀都能杀人了！

2 号陪审员：真是，你看，这都是一颜色（shǎi）儿的！

11 号陪审员：不太一样……

大家围着刀议论着。

4 号陪审员：安静！大家安静。（对陆刚）你这把刀是从哪儿弄来的？

陆　　刚：网上买的，六十六，包邮！

4 号陪审员：在网上买管制刀具是犯法的。

陆　　刚：严重违法。

【停顿】

3 号陪审员：不是，那你告诉我你想证明什么了？对！可能有十把这样的刀，
　　　　　　怎么了呢？

陆　　刚：有十把这样的刀，就有可能有十个这样的犯罪嫌疑人。

3 号陪审员：一种刀。怎么啦？！四大发明还是怎么着？

7 号陪审员：你的意思是，有这么一人，找了跟那"富二代"一样的刀，还
　　　　　　用那刀捅死了他爸，这成中彩票了！

陆　　刚：不是没有这种可能性啊！

4 号陪审员：那我能不能理解为你随随便便花了一百块钱，最后中了一个亿！

陆　　刚：是，中彩票是千万分之一的几率，你没中，不代表没有人中。

陪审团长：来，大家都坐吧。

他们开始回到自己的座位上。陆刚仍站着看。

2 号陪审员：有意思！他竟然找着一把和那男孩儿一模一样的刀。

3 号陪审员：就算是一模一样，能证明什么！

2 号陪审员：小概率事件，是有可能发生的——

3 号陪审员：你可真逗！（指着陆刚）我再问个问题，那"富二代"为什么要在车里放把刀？

陆　　刚：他的微博里说——

3 号陪审员：我知道。他说他旅游的时候买的，是给一个朋友的礼物。他准备第二天把刀给他的。

陆　　刚：他是这么说的。

7 号陪审员：扯淡！你说给我们胡同口大傻子，大傻子都不信！

9 号陪审员：他朋友确实是这么说的，说这个"富二代"要送他一把弹簧刀。

3 号陪审员：反正他撒谎了，你自己明白！

陆　　刚：他可能撒谎了。（对 10 号陪审员）你认为他撒谎了吗？

10 号陪审员：外地的二道贩子，有实话吗？

陆　　刚：（对 4 号陪审员）你呢？

4 号陪审员：那个孩子撒谎了。

陆　　刚：（对 5 号陪审员）你认为他撒谎了吗？

所有人都很安静。

等待。

5 号陪审员：我不知道。

3 号陪审员：（抢着接上去）不知道？（对陆刚）你谁呀，轮得着你质问我们吗？你这演的是哪出呀，你是他们家亲戚还是谁呀？

陪审团长：咱们现在不就是干这个的吗？

3 号陪审员：唉！我们十一个还是认为他有罪。

7 号陪审员：（对大家）他要是再这样没完没了，你们孩子就没成绩了。

陆　　刚：没成绩又怎样呢？我觉得孩子们和老师都会理解我们的。

7 号陪审员： 那你打算让我们怎么着？在这儿陪你待一宿！

9 号陪审员： 要是在这儿待一宿，孩子们就能学会认真对待自己的事业，我觉得很值。

7 号陪审员： 谁拿牌了？斗地主敲三家！这事没法儿聊！

2 号陪审员： （对陪审团长）我觉得你应该说两句。

陪审团长： 您觉得有人听我的吗？！

10 号陪审员： 是！你找着一把刀！又怎么了呢？有人亲眼看见那个"富二代"杀人了。说话这工夫，我还不如把房租收了。不瞒哥几个说，我要不是担心女儿毕不了业，我才不在这儿跟你们闲聊呢，这不是瞎耽误工夫吗！

陪审团长： 安静！（对陆刚）8 号陪审员先生，这里边儿就您一个人觉得无罪，您说服不了我们，我们也说服不了您。要不然您出个主意，看怎么办。

6 号陪审员： （对陆刚）你是唯一的一个。

陆　　刚： 我提个建议。咱们现在再投一次票，就你们十一个投。我弃权。但是我要求不记名投票，如果还是十一票有罪。我也就不在这扛着了。咱们现在就把"有罪"的判决给学校。但如果你们当中有任何一个人投无罪。咱们就留在这儿，把事情说清楚。（顿了一下）如果你们愿意的话，我准备好了。

7 号陪审员： 早说呀！

一些陪审员点头。陆刚移到窗边。

陪审团长： 有不同意的吗？ 既然大家都同意，那麻烦帮我把这个传过去。（把小纸条递过去）咱们现在开始不记名投票。

陆刚远远地站在一旁，手里把玩着一个乒乓球。陪审员们传着纸条。最终，每个人都开始写了。现在有些人开始叠起纸条然后传回给陪审团长。陪审团长把所有的纸条都在自己的面前叠成一叠。他拿起第一张纸条，打开。

陪审团长：现在开始唱票，"有罪。"（依次打开并朗读其他的纸条）"有罪。""有罪。""有罪。""有罪。""有罪。""有罪。""有罪。""有罪。"——"无罪。"

陆　刚：（略有些兴奋地放松下来）无罪！

陆刚走到自己的座位，坐了下来。

5 号陪审员坐在座位上没有表情。

有些人看向 5 号陪审员。

10 号陪审员（啪地站起来）：谁啊？ 这哥们儿是谁啊？

7 号陪审员：找事儿啊？

10 号陪审员：我只想知道这哥们儿是谁？

11 号陪审员：这是不记名投票，咱们说好的。

3 号陪审员：不记名？那我也知道是谁。（他来到 11 号陪审员面前）哥们儿，不是你！（接着穿行到 5 号陪审员对面）兄弟，你真行！你进来时跟我们一样投了有罪，然后这边这个哥们儿不知道从哪儿买了把修脚刀儿，往桌儿上一戳，就把您的心给戳碎了。您就改了。您真行！

5 号陪审员：（起身）哎，怎么了？你什么意思？

3 号陪审员转过身。

3 号陪审员：我们正准备把一个有罪的人给毙了呢！这位讲一个童话故事你还真听进去啦！

10 号陪审员：（附和地）就是！

5 号陪审员：我投了怎么了！

3 号陪审员：嘿，小孩的脸说变就变啊，我们都干吗呢这？

5 号陪审员正要说话。

9 号陪审员：不是他投的，是我投的。我是这么想的……

10 号陪审员：我们不想知道你是怎么想的。

5 号陪审员：人家说话呢！

9 号陪审员：谢谢。（对 3 号陪审员）真是我投的，（指陆刚）他一个人和
　　　　　　我们的意见不一样。他没有说那个男孩儿无罪。他说他不确定。
　　　　　　我就是想支持他……

7 号陪审员：他妈，十比二了，敢情二在这儿啊！

3 号陪审员：老爷子，您这是为什么呀？

9 号陪审员：（顿了顿）是因为，五七年哪……

7 号陪审员：嘿——！！

7 号陪审员穿行到盥洗室，进到厕所，砰地在身后关上门。

9 号陪审员：听我说嘛！

陆　　刚：（对 9 号陪审员）他听不见的。他什么也听不见！

3 号陪审员：您接着说。

9 号陪审员：一九五七年，是我们家的一场噩梦。我父亲原本开了一家纺织厂，
　　　　　　一九五五年公私合营，纺织厂归公了，一批不懂技术的上了台，
　　　　　　没俩月进口的机器坏了一大批，我们心疼得呀。一九五六年搞
　　　　　　"鸣放"，我们说了一大堆牢骚话，紧接着一九五七年，我父
　　　　　　母加上十八岁的我，都被打成了"右派"。一宿的工夫，所有

的人都躲着我们，谁也不认识谁了。那时候天天批斗我们，用铁丝拴着大铁牌子挂到我们脖子上，还给我们"坐飞机"，就是把两个胳膊背到后面，使劲撅着你的手腕，把头压得低低的，整得我都不想活了。有一天批斗我，一个女的，看起来可凶了。她把我押上台，我害怕极了。忽然大铁牌子变轻了，我觉得一只手把勒在我脖子上的铁丝提起来了，撅在背后的手腕只是握着。我刚想回头，一个声音从后面传过来——别看我，没事了，没事了，忍忍就过去了。我听着这句话啊，想死的心一下子就没了。我就是想说，如果这个"富二代"真的没罪，要是能有个人，站出来说上一句，我扯远了，我不说了……

挺长的一个停顿。

陪审团长：咱们休息一会儿吧。而且有人在厕所呢。我们得等他。

12号陪审员：（对11号陪审员）我真以为是他呢。（突然笑了）你知道吗，我们做保险的…… 我跟你说过我在保险公司上班吧，我觉得8号应该试试卖保险去，肯定行。保安，高危职业呀，你上保险了吗？

11号陪审员摇头。
6号陪审员站起来，走到盥洗室。

25. 盥洗室 · 日 · 内

陆刚走进盥洗室，7号陪审员倚着窗户抽烟。

陆　刚：啊？哦。有件事，我不太明白。

7号陪审员：什么？

陆　　刚：您的孩子也不在这儿念书……您是？

7 号陪审员：我孩子是不在这儿，可是我孩子也得吃饭啊！你过来的时候看到那个小卖铺了吗？那是我的，块儿八毛的利，天天让我配合学校。李老师他爱人，学校管后勤的！人家一句话，咱买卖就悬了！非让我来凑数，我这两天都没开张了。我就不明白，我配合我这没辙，你那么较劲你冲谁啊？

7 号陪审员扔掉手里的烟走了。

陆刚从卫生间里出来，6 号陪审员正在洗手池洗手。

6 号陪审员：天儿够热的。咱们是不是还得待会儿呢？

陆　　刚：我也不知道。

6 号陪审员：你真觉得他是清白的吗？

陆　　刚：我还真不知道。有可能。

6 号陪审员：你想让大家认真讨论一下，我们也都认真了，现在多数人认为这个"富二代"是杀人犯，我也这么看。

陆　　刚：要假设你是那个"富二代"呢？

6 号陪审员：我是学医的，干我们这工作，不习惯假设。我们只看化验结果。但如果非得让我假设一下说的话……比如有十二个大夫，十一个人认为那人得的是胃癌，只有你自己认为他得的是胃炎，而你又说服这十一个人改变了看法，但如果他真的得的是胃癌，那该怎么办？

6 号陪审员看了陆刚一会儿，然后进陪审员休息室去了。陆刚独自站了会儿，而我们知道正是这个问题在折磨着他。他不知道，而且永远不可能知道。他关了盥洗室的灯，走进了陪审员休息室。

26. 陪审室 · 日 · 内

陪审团长张罗着周围四下分散的陪审员。

陪审团长：来来来，咱们继续，咱们继续！都坐下吧。

2号陪审员：看来得在这儿吃晚饭了。

陪审团长：开始吧。谁想先说？

有一阵停顿，然后4号陪审员和6号陪审员同时说话。

6号陪审员：（一起）楼下那老头儿……

4号陪审员：刚刚那把刀……

6号陪审员：（对4号陪审员）你来你来。

4号陪审员：你刚才拿出一把跟案发现场一模一样的刀，是想告诉我们，也许有别人用这种刀杀了他的生父，对吗？那么这个人是谁？

陆　刚：我们作为陪审团，工作不是要找到还有谁可能是杀人犯，咱们的任务是，通过现有的物证和人证判断是否有足够的条件怀疑这个孩子有罪，如果条件不足我们就不能判断他是有罪的，就这么简单。至于别人有没有动机去杀这个穷爸爸，那是警察的工作。你说的是在已经断定这个孩子有罪的情况下，找出比他更可能有罪的人，而我们应该做的是在假设他无罪的情况下，通过证据和证词推定他有罪，这很不一样。

6号陪审员：（向4号陪审员点头）刚才他问了一个很合理的问题。现在有人杀了这个穷爸爸。如果不是那男孩儿，那还能是谁？

3号陪审员：刀啊！刀自个儿飞过去的呀。人家"富二代"那么有钱，怎么会干这么残忍的事儿呢，对吧？

4号陪审员：我们正在讨论案子呢，怎么飞起刀来了，你能不能正经点？

3号陪审员：我没不正经呢。我就是顺着他（指陆刚）的话说呀。

6号陪审员：（对陆刚）那你能不能回答我，谁还有可能杀了这个父亲呢？

陆　　刚：你要是这么问的话，那可多了。他生父也有问题。你看他生父十几
　　　　　年前离婚的时候就把孩子给遗弃了，后来进过一次监狱。还是一个
　　　　　赌徒、酒鬼，欠钱、打架这是常事。这样的人肯定有不少仇家啊。

10 号陪审员：你这就属于生拉硬拽了！

陆　　刚：你看，我刚才就说，这样思考问题是不合理的。我只是回答了他提
　　　　　的问题。我不认为这样想问题是对的。

10 号陪审员：都他妈把自个儿当法官了！

3 号陪审员：等会儿等会儿，你能回答我这个问题吗？住在楼下那老头儿亲
　　　　　耳听见那孩子喊——"我要杀了你"。一秒钟之后他听到身体
　　　　　倒在地上的声音。然后他看见那孩子跑下楼去了。你给我们分
　　　　　析分析，这说明了什么呢？

陆　　刚：咱们再想想啊，一个老人、隔着天花板听那个男孩儿的声音，到底
　　　　　能听得多清楚？是不是能清楚到一字不差？

3 号陪审员：他不是隔着天花板听到的。他的窗户是开着的，楼上的窗户也
　　　　　是开着的。那天晚上特别的热，两家又都没有空调，记得吧？

陆　　刚：声音是从另一间屋传过来，并不容易辨认，尤其是喊叫的声音。

陪审团长：可是老人说他清清楚楚听到了争吵的声音。

陆　　刚：但有没有可能，是那个老头因为经常听到父子俩的争吵，所以就
　　　　　习惯性地认为楼上的声音就是男孩儿的，而和他争吵的，就是他
　　　　　父亲呢？

4 号陪审员：我觉得你说的有点儿牵强。

3 号陪审员：我们家楼上就住着一女孩，大夜里穿着高跟儿鞋在屋里转圈。
　　　　　哏儿嘎的，声儿大极了，打电话、跟男朋友吵架、感冒咳嗽都
　　　　　能听得一清二楚！

4 号陪审员：我是做地产的。这个问题我研究过，真正的区别还是预制板
　　　　　和浇筑，浇筑的隔音相对好点儿，新小区一般都是浇筑的。我
　　　　　看了刚才视频里案发的这个小区，就是那种老旧小区，应该是

八十年代中期盖的。那会儿的楼板一般是空心儿预制板，隔音效果确实比较差，楼上的声音要是大了应该能听得很清楚。

10 号陪审员：（对陆刚）你们说的都还是听，那楼下的老头儿看见了呀！他说他看见那"富二代"跑出去了！不光听见，他看见了！

12 号陪审员：不光是老头儿看见了，铁道对面那个女的也看见了。她正好从开着的窗户看到那个男孩儿捅了他爸。一个听见、一个看见，这还不够？！

陆　刚：还不够。

7 号陪审员：你们说他这是不是胡搅蛮缠！

4 号陪审员：那个女的透过一辆正在运行着的城铁的车窗，看到了谋杀的全过程。列车有十二节车厢。她是透过最后两节的窗户看见的。她连这种细节都记得这么清楚，我觉得不会是假的。这还有什么可反驳的呢？

3 号陪审员：（对陆刚）我还真想听听你还有什么可说的？

陆　刚：我不知道，就是听起来不大对劲。

3 号陪审员：脑子肯定是叫门给掩了，怪不得不及格呢，遗传！（对 12 号陪审员）借我笔用一下。

12 号陪审员把铅笔递给他。很明显，3 号陪审员开始在本子上玩五子棋了。

陆　刚：我是在想，有没有人知道一列城铁需要多长时间才能通过……

陆刚看见 3 号陪审员和 12 号陪审员在玩五子棋，抓起本子，把最上面一页扯下来，揉成一团，然后把本子和一团废纸扔进纸篓。

3 号陪审员：干吗？！

陆刚没说话，走回自己的座位。3号陪审员气冲冲地跟上来。

3号陪审员：（大叫）我问你话呢？

12号陪审员：（对3号陪审员）没事儿没事儿，别别别。

陪审团长：都坐下都坐下！

3号陪审员：真想打丫的！跟有病似的，扔我本儿！

10号陪审员：消消气儿，消消气儿。

3号陪审员：上来就抄我本儿！你谁呀你？！

陆　　刚：可以开始了吗？

陪审团长：行了行了，都坐下吧。

3号陪审员：不行！我要求他给我捡回来！给我道歉！不行！

陆刚停了一下，所有人都看着陆刚。
陆刚站起来，走到垃圾桶前，捡起本子。

陆　　刚：对不起，我不应该扔你本，现在咱们能开始了吗？

3号陪审员：不能！

4号陪审员：行啦行啦！本来也是人家正说话呢……

3号陪审员：这里边有你什么事儿啊！我提醒你！这是劳动人民的天下！没
　　　　　　资本家说话的份儿！

4号陪审员：（突然站起来）什么？谁是劳动人民，谁是资本家，都是你定
　　　　　　的？你要不愿意咱俩先比画比画。

4号陪审员摘下了眼镜，走到3号陪审员面前，情绪有些激动，场面混乱起来。
这时，门开了，李老师从外边探头进来。

李老师：怎么回事？

4 号陪审员仍有些激动。

4 号陪审员：对人有没有起码的尊重！

7 号陪审员忙不迭地跑到李老师面前。

7 号陪审员：安静！李老师来了啊！

11 号陪审员一听到"李老师"三个字，也立刻站了起来，帮着维持秩序。

11 号陪审员：都安静！李老师（冲李老师敬了个礼）！

李老师：（对 7 号陪审员）让你配合工作的，你把水都上足了，大热天的容易上火！

7 号陪审员：（一连声地）配合了配合了！

李老师：（对大家）别上火，慢慢讨论！

3 号陪审员和 4 号陪审员坐了下来。

4 号陪审员：现在对人起码的尊重都没有！

3 号陪审员：我不是冲你！

4 号陪审员：冲谁你都不尊重别人！

7 号陪审员抱着水跑了回来。

7 号陪审员：李老师您看，早就配合好了。

李老师：快点儿。

7 号陪审员：不着急，慢慢的啊！

7 号陪审员跑过去给大伙儿发水。

7 号陪审员：李老师您放心，这儿啊，我全盯着呢！

老师环顾了一下十二个人，出门把门锁上了。
7 号陪审员发现李老师离开，悻悻地把水放到桌上。

7 号陪审员：谁喝谁自己拿啊！

3 号陪审员跑过去给 4 号陪审员拿了瓶水。
陆刚环顾了一下桌边的人。

陆　　刚：那我们继续，有人知道一辆城铁平均需要多长时间才能以中等的速
　　　　　度通过一个点吗？
7 号陪审员：知道这个有用吗？
陆　　刚：有用，多长时间？（冲 4 号陪审员）你知道吗？
4 号陪审员：我很少坐地铁。
5 号陪审员：十来秒？
11 号陪审员：我知道一节地铁有多长，有用吗？
2 号陪审员：有用，多长？
11 号陪审员：差不多二十米。地铁车厢里有个铁牌儿，上边都写着呢。
2 号陪审员：那你知道时速吗？
11 号陪审员：知道，快的时候七八十吧，慢的也得五十。

2 号陪审员拿笔记下。

6 号陪审员：你怎么知道的？

11 号陪审员： （对 7 号陪审员）给我来瓶水！

7 号陪审员： 自个儿拿去！

11 号陪审员去拿水。

11 号陪审员： 你要在第一节坐过，你就能看见。第一节车厢有扇小窗户，透过小窗户可以看到驾驶员旁边的时速表。我那会儿为了挣钱考咱们政法大学，在快递公司打过工，为了节约成本，公司每天给我买一张票，进去一待待一天，有人专门从地铁口把东西递给我。我就按照地址送到最近的地铁站，不出站，等人来地铁口收货。我在地铁里一待就是一整天，地铁的工作环境还是不错的，风吹不着，雨打不着，冬暖夏凉可得劲了！……后来……我还是没考上！

7 号陪审员： 那是，就你这德行，你考不上！

6 号陪审员： 你考过政法大学啊？！

11 号陪审员： 是，我现在就是政法大学的保安！

7 号陪审员： 逮谁跟谁吹啊，是考过两回，第一回差十二分，第二回出息了，差八十呢！

11 号陪审员： 满院子追你们这些不法商贩，很费时间！

7 号陪审员： 你先把那口条捋直了再说。

2 号陪审员： （同时低声）五点七秒！

陆　刚： （打断其他人）等等，您说什么？

2 号陪审员： 整列通过需要五点七秒，是这样，时速要是七十五公里的话，是七万五千米。一个小时是三千六百秒，七万五千米除以三千六百秒等于每秒二十点八米，一节车厢是二十米，那么六节车厢是五点七秒！

陆　刚： 我认为这是个合理的猜测。别人呢？

2 号陪审员：按四舍五入吧，六秒！

4 号陪审员：好，六秒。我没明白你想说明什么？

陆　　刚：一辆六节车厢的火车需要六秒钟通过一个定点。现在我们假设这个定点就是谋杀现场开着的窗户。窗口离铁道非常近，对不对？

2 号陪审员：对啊。

陆　　刚：我曾经在铁道边的小旅馆二楼住过。如果开着窗户的时候有列车通过的话，那声儿大得你几乎没法忍受。说实话，你都听不见自己说的是什么。

3 号陪审员：我们也听不见你想的是什么。你快说到点儿上了吗？

陆　　刚：快了快了。咱们再把案情捋一遍。第一，住在楼下的老人，他说他听到男孩儿说"我杀了你"，一秒钟之后他听到身体倒地的声音。一秒钟以后，对吗？

2 号陪审员：对。

陆　　刚：第二，街对面楼里的那个女的。她说她从窗户看出去，透过行驶的城铁的最后两节车厢看到了谋杀。最后两节车厢，对吗？

3 号陪审员：对啊！

陆　　刚：现在，我们都同意火车至少需要十二秒钟才能通过一个窗口。鉴于那个女人是透过最后两节车厢看到的谋杀，也就是说尸体是在列车通过的时候倒地的。因此，在尸体倒地前整整十秒里，火车都在老人的窗前发出巨大的响声。那么他就是在地铁在他鼻尖儿前呼啸而过的时候听见男孩儿说这句话的。……根本不可能！

所有人停顿，大家面面相觑，显然是因为陆刚的话。

3 号陪审员：他听见了！

陆　　刚：（对 3 号陪审员）你现在还这么肯定吗？

3 号陪审员：肯定！老头儿说那个男孩儿大喊大叫来着！那他就是大喊大叫

来着！除非你能证明老头儿是个骗子！

陆　刚： 就算他听到了什么，在火车通过的时候，他也没法儿断定那个声音是——我要杀了你。即便他听见了比列车通过时还要大声的"我要杀了你"，他也没法儿断定，这声音是"富二代"的，对吗？

3 号陪审员： 你现在说的是几秒钟的事儿。没人能说得那么精确。

陆　刚： 可是，我觉得一段可以要人命的证词就必须那么精确。

5 号陪审员： 我不觉得他能听见。

6 号陪审员： 他可能确实没有听见，在那么大的噪音里？……不可能。

3 号陪审员： 你们都说什么呢？

5 号陪审员： 我觉得他（指陆刚）说得对……

3 号陪审员： 他干吗要撒谎？他能得到什么好处吗？

9 号陪审员： 被人重视。就是因为我看了他很长时间。他的衣服，在胳膊下面的地方都开线了。你们注意到了吗？他这个岁数的老人，在第一次上电视，面对采访时，穿了件破衣服。他一直夹着那条胳膊，生怕叫人看见。

10 号陪审员： 真能聊，《聊斋》都是你写的吧（看 5 号陪审员一眼，把头转了过去）？

5 号陪审员白了 10 号陪审员一眼。

5 号陪审员：（对 9 号陪审员）没事，你接着说。

【闪回】

视频里老人的行动画面。

【画外音】9 号陪审员： 你们仔细看，你们看见他的腿了吗，有点儿瘸。因为他知道有人在拍他，所以他在走路的时候很努力地想要显得不那么瘸，就为了这个，有一下都差点儿摔了。要是一个人的腿瘸了一辈子，他才不会想假装自己走得利索呢，他应该是刚瘸的。他怕叫人看出来，是因为他觉得上电视是件特重要的事儿，他说话的时候很紧张，因为他一辈子都没有被人觉得重要到应该上电视。没人重视你，没人听你说话，没人关心你，连孩子都不愿意回来认真地听听你说话。活了七十四年，第一次有人拿着摄像机对着他，终于能把自己的名字印在报纸上了，而且这次他的话是以对的名义印在报纸上，他不能一句话不说就坐回轮椅里，他得站起来，得说出来……哪怕是，错的……

【闪回结束】

7号陪审员：他撒谎——就为了让自己重要一下儿？

9号陪审员：他不是，他不一定是撒谎。但是他可能让自己都相信他听到了那些话，在想象里认出那个男孩儿的脸。

10号陪审员：我真是纳了闷了，你跟我说说，你是怎么编出来的？

9号陪审员低下头，很尴尬。

4号陪审员：分析得没问题，但最好是……

11号陪审员：但这个事实有可能被陈述人的性格渲染。

12号陪审员：我还是看不出怎么会有人认为那个"富二代"无罪呢。

陆　刚：还有一件事我想说一下。我想咱们已经证实了那个老人不可能听到那个男孩儿说"我要杀了你"，但是假设——

10号陪审员：你假设什么呀？你根本就没法儿证明啊！

陆　刚：就算是老人听得没错儿，"富二代"真的说了"我杀了你"。而这样一句话，我们每个人用过多少遍呢？很可能有几百遍。"我杀了你""我弄死你""我抽你",你经常能听见有人这么说,但是这不代表他就真的会杀人。

3 号陪审员:我提醒你,这句话可是"我要杀了你",而且喊完了这话他爸就倒在地上死了。你别告诉我他没这意思。甭管谁,只要他说了这样的话,那他就是这意思。

陆　刚:那我问你——如果是你要杀一个人,你会不会扯着脖子,把你的愿望喊出来,让楼上楼下所有的邻居都知道你准备要杀人了,让大家把窗户推开,等着看你这么干。

3 号陪审员:你别问我,我又不想杀人!

陆　刚:反正我觉得他不会,他没那么傻。

10 号陪审员:你觉得没那么傻?他那个养父在他身上花了好几百万,这孩子愣是连美国高中都没上下来!

11 号陪审员:我发现这"富二代"就没有爱念书的。

5 号陪审员:(突然站起来)我改投"无罪"。

7 号陪审员:你开玩笑吧?

5 号陪审员:没有。

陪审团长:你确定吗?

5 号陪审员:对,改了。

陪审团长:投票结果现在是九比三,倾向"有罪"。

7 号陪审员:你到底听没听我们说话呀。(对 5 号陪审员)一堆事实明摆在你面前啊!每一个都说明那孩子杀了他爸。你不信证据,去信一道数学题!我真服了你了。

陆　刚:这样的错案以前又不是没发生过。

5 号陪审员:那不叫万一,在你这叫万一,到他那就是一万,咱这手好举,他那进去了。(大家都看着他,没想到他会开口)你这按年判,他那按天过。一年半多少天啊,什么概念?五百四十七天半,那都是论天算,在墙上划道过。进去容易,出来怎么办啊?谁管你冤不冤啊，你是个进过大狱的人，有嘴你也说不清。万分之一的错案，对一个人来说就是百分之百的不公平。无罪！

11 号陪审员：我有一点质疑，这个“富二代”杀了人为啥不逃跑反而回家呢？

7 号陪审员：人家跟你不一样！人家有的是钱，拿钱砸呗！什么关系打不通啊！再找一个（指陆刚）像这样儿的明白人帮着想套说辞！（对 4 号陪审员）现而今啊，有钱能使鬼推磨，这位大哥肯定是一清二楚！

4 号陪审员：我没用鬼推过磨啊！

7 号陪审员：我没什么意思啊！我就是觉得在花钱铲事儿上，你肯定比我们有经验。

4 号陪审员：我要是能花钱铲事儿，我到这补考干什么呢？

7 号陪审员：放心吧，听见没有？！你们这里只要有他（指 4 号陪审员），你们孩子补考不可能不及格，你们明白我意思吗？

4 号陪审员：不是，没完没了了是不是？左一个铲事儿、右一个资本家的，你们仇富是不是？那要叫你这么说，这事儿还真容易了，捋着福布斯往下逮不就完了吗，挨个杀呗！我告诉你，不要用你的穷作为闹事的借口，没人不让你致富，你致不了富是因为你没能耐！我辛辛苦苦致富怎么了？那是我的能耐，看见女孩子从好车上下来就管人家叫傍款，你那是嫉妒，是对中国优秀女青年的侮辱！

7 号陪审员：你全听反了呀。我们都觉得你那爱情特真挚！

4 号陪审员：咱们要讨论的是那个富二代为什么不跑！

4 号陪审员：他不跑……（忽然转过头对 10 号陪审员）还有 10 号陪审员先生，我发言已经四次被你打断了，这次你能不能不打断我？他不跑是因为重要的物证，那把刀，留在屋里，他跑了警察也会把他抓回来！

11 号陪审员：他要是怕人认出刀，他杀完人干啥要把刀留在现场呢？

4 号陪审员：他杀了他父亲后慌里慌张能想起跑就不错了，哪里还能想起什么刀？

11 号陪审员：那我再问你，他选刀的时候，他慌不慌呢？如果没慌，他为啥不选把普通点儿的刀呢，非要用一把这么特殊的刀杀他爸？

4 号陪审员一把夺过刀插到了一边。

4 号陪审员：别老拿着这玩意比画来比画去的！

3 号陪审员：他哪有你冷静啊。

11 号陪审员：不是冷静不冷静，是这里面有漏洞。

3 号陪审员：你刚才都投有罪啦！说改就改，溜肩膀儿！

11 号陪审员：不是我溜肩膀儿，是这里边有漏洞！

12 号陪审员：我会冒险回去拿刀的。不管怎么说，这是半夜呀。他肯定以为这尸体怎么也得早晨才有人发现呢！

11 号陪审员：那个街对面的女人作证说，她看见杀人的时候，尖叫了！那说明"富二代"就应该知道被人看见了。如若不然，那"富二代"就不会再想着回现场拿刀了，要不就不合理了！

4 号陪审员：首先，他可能根本没听见那个女的尖叫。其次，即使他听到了，他可能也没有把这叫声儿和自己联系在一起，因为那个小区很乱，听到什么声音都很正常，他没有想到这声音和自己有关。

陆　刚：可能是这样，也可能不是这样。我提醒大家一句，怀疑要公平，如果大家怀疑他没有听到那个女的尖叫，我同样有理由怀疑他根本没在犯罪现场！

10 号陪审员：什么怀疑？你说什么呢？那个老头儿没看见他跑出房子去了吗？他在歪曲事实。我告诉你们！（对 11 号陪审员）那个老头儿到底有还是没有看到那孩子跑出房子去了，在十二点十分的时候？到底，有还是没有？

11 号陪审员：他说他有。

10 号陪审员：他说他有？！（对其他人）就是你觉得他没有喽？！（对 11

号陪审员）那街对面的那个女人，到底有还是没有看见那孩子杀了他亲爹呢？我知道你要怎么说——她说她看见了！你们弄得好像证人说话跟放屁似的！你想相信谁就相信谁，不想相信谁就不相信谁！这成什么了？你们觉得这些人跑到公安机关是干吗去了——放屁去了吗？我告诉你们，事实在这儿被篡改了！所有的证据、证人都是对的！

5号陪审员：证人可能犯错误。

10号陪审员：对！你们希望谁犯错误谁就得犯错误！你们怎么合适就怎么来！

陪审团长：有理不在声高……

10号陪审员：我凭什么小声儿说话，我这儿占着理呢！

陆　　刚：（打断）我想要求再投一次票。

10号陪审员：我说话呢！

陪审团长：有人要求再一次投票！

站起来的陪审员们都移向自己的座位。

3号陪审员：有意义吗？

2号陪审员：（温和地）就花一会儿时间。

陪审团长：我觉得最快的方法是看看谁投无罪。同意"无罪"的人举手。

5号陪审员、8号陪审员和9号陪审员举起手。
还是一样的。3票"无罪"，9票"有罪"。
陆刚最后才把手举起来。

7号陪审员：这不还一样吗，瞎耽误工夫！

11号陪审员：（忽然站起来）我也投"无罪"了！

陪审团长：好，投票结果四比八，还是倾向有罪！

10号陪审员站起来，没说什么又坐下了。

3号陪审员：也不知道现在这人都怎么了！父为子纲、君为臣纲！老祖宗的话都忘了！替一个逆子在那儿捧臭脚！真不知道家里还有没有大人！（对4号陪审员）成他妈拿伦理道德开玩笑了！

3号陪审员：我知道有几位，他们几个的心正为那"富二代"滴答血呢。（对11号陪审员）不是，那你告诉我，你为什么改了投票？来吧，给我点儿理由。

11号陪审员：我为什么非得跟你解释呢！我心里产生了合理的怀疑。

3号陪审员：合理怀疑？呸，你甭在这跟我臭拽！（从桌上拔出刀，把它举起来）哎哎！看看这儿，这个！有人亲眼看见那个你刚刚说的这个，清白的、可爱的小朋友，把这个东西，插进他爸的胸口上了！合理吗（把刀插进桌子里）！你可真是好样儿的！

10号陪审员：看清楚了！

7号陪审员：我告诉你们四个啊，你们不能因为咱这老爷子想被别人重视，就生把案发现场这老头儿给想象成一骗子！老头儿说了很多遍，我都能背下来了，他说听到尸体倒地十五秒后跑到门口，亲眼看到那"富二代"跑下楼了。

5号陪审员：你刚才说什么？

7号陪审员：（没明白）我说什么了？

5号陪审员：老头儿是说他跑到门口去的吗？

7号陪审员：我说了吗？

6号陪审员：对，他是说跑到门口。起码我是这么听说的！

5号陪审员：我是看不出来老头儿那腿怎么能跑。

4号陪审员：那个老头儿从卧室到门口看到那个"富二代"跑下楼，行了吗！

陆　　刚：等会儿。老人那卧室在哪儿来着？

10 号陪审员：在里屋儿。我以为他什么都记得住呢！

陆　　刚：（笑）他们住那楼，楼上楼下房间结构应该是一样的，大伙都记得吧？！（对陪审团长）咱们那有案发现场的平面图吧？

陪审团长：有！

7 号陪审员：让警察再审一遍案子不就得了！

陆刚拿出一张证据图片。

陪审团长：我们把网上给出的犯罪现场建筑平面图打印了，这有用吗？

陆　　刚：有用（把电脑传给 2 号陪审员）。

3 号陪审员：我说，你到底想干吗？

5 号陪审员：能传过来吗？

3 号陪审员：我们不想他再浪费时间！

5 号陪审员：我想看！

3 号陪审员：你看可以！

5 号陪审员接过平面图，交给了陆刚。

陆　　刚：不是。咱们看看，一个老人拖着一条中过风的腿，是不是能在十五秒钟以内穿过客厅，跑到大门口把门打开！

3 号陪审员：他说二十秒。

陆　　刚：他说十五秒。

3 号陪审员：我告诉你，他说二十秒。

11 号陪审员：他说十五秒。

3 号陪审员：他怎么知道十五秒有多长？

9 号陪审员：他非常肯定地说是十五秒！

4 号陪审员：十五秒和二十秒在当时那种情况下怎么能分得那么清楚呢！

3 号陪审员：对啊，他是个老头儿。你们看见了。有一半时间他都在犯糊涂呢。他能肯定什么呀？

几个人围着陆刚看他手里的图片。

这是一张铁路旁边的筒子楼的平面图。一间卧室朝向城铁。后面沿着长长的走廊有一串房间。在起居室有一个 X 标出发现尸体的位置。公寓后端连着公寓的门廊和楼道的入口。楼道里的每一段楼梯、每一个房间都有标注和尺寸。

12 号陪审员：我看不出咱们要在这儿证明什么。那个老头儿说他看见男孩儿跑出去了。

陆　　刚：来，那咱们就看看细节是不是支持他的证词。尸体一倒地，老人说他就听见楼上有脚步声往门口跑。他听到楼上的门开了，脚步声开始下台阶。他用最快的速度来到自己的门口。他说这绝不可能超过十五秒钟。那么，如果"富二代"立刻开始跑——

12 号陪审员：那"富二代"没有马上就跑……

陆　　刚：老人说他有。

7 号陪审员：你真能挑刺儿。

6 号陪审员：你先听他说完。

陆　　刚：（对陪审团长）这是发生凶杀的公寓。这儿是城铁、卧室、过道、洗手间、客厅、厨房，门口儿的一小截过道儿。这是大门，这儿是楼梯。现在，老人在这间房的床上。（指前面一间卧室）他说他起来，来到走廊尽头的大门，打开门，看出去，正好赶上看见那个男孩儿从楼梯上冲下来。到此为止我都是对的吧？

3 号陪审员：怎么了呢？

陆　　刚：他听到尸体倒地十五秒以后。

11 号陪审员：正确。

陆　　刚：他的床在窗户边。这是（离近了看图纸）三点六米，从他的床到卧
　　　　　室门。走廊的长度是十二点三米。现在他需要从床上起来，走三米
　　　　　多，打开卧室的门，再走十几米打开大门——所有这些在十五秒内
　　　　　完成。你们觉得他能做到吗？

10 号陪审员：他当然能做到。

11 号陪审员：他只能很慢地走，得别人扶着才能走。

3 号陪审员：好！就算走得慢，从床到门口能有多长时间？那又不是一别墅！

9 号陪审员：那要是中了风，那就是很长的路啊。

陆刚移动他的椅子，把它当作床。

陆　　刚：这是老人的床。

10 号陪审员：这是干什么呢？

陆　　刚：我想试一试，看他需要多长时间。

3 号陪审员：什么叫你想试试？真把自个儿当警察啦。

陆　　刚：好，这儿是床。我来用步子量出卧室的长度。

12 号陪审员拿起自己的椅子，递给陆刚。陆刚把椅子放在他站的地方。

陆　　刚：好，这是卧室的门。走廊、卧室加上客厅是多长？——十二点八米
　　　　　多一点儿。我从这儿走到墙再走回来。

陆刚默默地数着自己的步子。

10 号陪审员：这是什么主意啊，别在这儿浪费大家时间了。

陆　　刚：四……五……（他停下来，转向 10 号陪审员）本来可以不做，
　　　　　因为想想就应该能明白这里边有问题。但是既然不愿意想，又认定

十五秒这个老人就能从自己的床走到大门口，那咱们就做出来看看！

陆刚又继续量，默数着，走到了墙，其他人无声地看着，又转过身继续量，数着剩下的距离。

陆　　刚：……九、十、十一、十二。好，再递给我一把椅子。

6号陪审员拿起一把椅子递给陆刚。陆刚把它放在自己站的地方。

陆　　刚：这是通向外面走廊和楼梯的门啊。根据证词，大门上有两道锁，而且都锁着。谁有表？带秒针儿的？

2号陪审员：我有。

陆　　刚：你想让我开始的话就跺一下脚，就是尸体倒地的时间，从那儿开始给我计时。

陆刚躺在两把椅子上。

7号陪审员：要被子吗？

3号陪审员：还差枕头凉席呢。

陆　　刚：行，我准备好了。

2号陪审员看着表，等着。

10号陪审员：咱们等什么呢？开始吧！

2号陪审员：我想等秒针到十二点的位置。

10号陪审员：嗬——

秒针转动的声音。

他们等着。2号陪审员跺了一下脚。陆刚就地坐起来，把腿摆动到坐在床边的姿势，然后站起来。2号陪审员紧盯着自己的表。陆刚蹒跚着，拖着一条腿，朝当卧室门的椅子走去。他到达后，假装开门，然后继续蹒跚着沿着模拟的走廊走。

10号陪审员：你这走得也忒慢了，怎么着也得比这快一倍！

11号陪审员：这，我觉得已经比老头儿在视频里走得快了。

陆　　刚：（还在蹒跚）再快一点儿，可以啊。

陆刚稍微加快了步伐，来到墙边，转身走向第二把椅子，就是那把模拟通向外面走廊的门的椅子。

他们看着陆刚到达了最后一把椅子。陆刚假装打开了想象中的两道锁，然后打开了想象中的门。

陆　　刚：停！

2号陪审员：好。

陆　　刚：多长时间？

2号陪审员：四十三秒。

6号陪审员：四十三秒！

陆　　刚：我觉得应该是这样的。

27. 筒子楼 · 夜 · 内

【闪回】

【画外音】二人争吵声。

老人坐在床上听到争吵，不以为然，关灯睡觉。

时间经过。

【画外音】重物摔在地板上的声音。随后一声女人的尖叫。

老人猛然从床上坐起，打开灯。

【画外音】陆　刚：老人几个小时以前听到了孩子和父亲的争吵。然后，当
　　　　　　　　　他躺在床上的时候，他听见男孩儿家有身体倒地的声音，
　　　　　　　　　听见街对面女人的尖叫声。他起来，想要到门口，听见
　　　　　　　　　有人从楼梯上冲下来，就认为是那个男孩儿。

28. 陪审团 · 日 · 内

陆刚看着大家。

6 号陪审员：应该没错。

3 号陪审员：装神弄鬼的我见多了——你已经可以靠这个挣钱了！你进来就
　　　　　　说我们不应该对"富二代"有偏见，好，我们放下偏见，就拿
　　　　　　他当一个普通孩子！然后你又告诉我们地铁从窗口开过去，老
　　　　　　头儿没听见楼上的声音，现在你又弄出一个四十三秒来证明老头
　　　　　　儿是个骗子！这几位也不知道是真傻还是假傻，就叫你给说动了！
　　　　　　你们都怎么了？你们每个人都清清楚楚地知道那孩子杀人了，杀
　　　　　　了他爸！哪怕就是吵架的时候动了他爸一根儿手指头，也是有
　　　　　　罪的！你别让我看见他！我要是见着他，我亲手给他毙喽！

陆　刚：就因为他跟他爸吵起来他就该枪毙？

3 号陪审员：我就这话！百善孝为先！

陆　刚：那该枪毙的人可就多了！

3 号陪审员：我现在明白你那脑袋是怎么回事儿了！肯定是替天行道的时候，
　　　　　　被人打的吧。我告诉你，你他妈活该！像你这样的就该打！

陆　刚：你从小受的就是这种教育吗？

3 号陪审员：你他妈给我闭嘴！

陆　刚：你是不是有暴力倾向啊？

3 号陪审员：操！

3 号陪审员疯狂地扑向陆刚。

陆刚没动。5 号陪审员和 6 号陪审员从后面抓住 3 号陪审员。他继续向前冲，与抓着他的手拉扯着，他的脸都气紫了。

3 号陪审员： 放开我！我他妈弄死你！

停顿，紧张的空气弥漫在房间里，所有人都僵住了。

陆　　刚： 你有什么权力随随便便就决定让一个人去死呢，哪怕他真的是一个罪人，我们都应该花更长的时间去论证他应不应该死！如果你的手里握着可以杀死凶手的权力，可是你却杀死了一个无辜的人，那你和凶手还有什么区别？

3 号陪审员甩脱 5 号陪审员和 6 号陪审员，停止了挣扎，对陆刚怒目而视。

陆　　刚： （平和地）而且你刚才的意思，不是真的要把我弄死，对吧？

29.　盥洗室　·　日　·　内

陆刚在水池洗脸。

4 号陪审员凑过来。

4 号陪审员： 你是做什么工作的？

陆　　刚： 普通公务员。

4 号陪审员： 公务员啊？

陆刚点点头，不想再说下去的样子。

4号陪审员看出了陆刚的不情愿，点了点头，走进了厕所。

7号陪审员从厕所走出来。

7号陪审员： 公务员啊（停顿），丫不敢动手，真打起来不定谁瓾（cèi）谁呢？
那你这脑袋怎么弄的？

陆　刚： 花盆砸的。

7号陪审员窃笑。

陆刚擦手，透过水盆上的镜子看7号陪审员。

7号陪审员： 我觉得那3号陪审员就是在装B，他肯定不敢动手。动手你们
俩也不一定谁能打过谁呢。

陆　刚： 我不行，我真不能打。

7号陪审员： 你这头到底是被谁打的？

30.　检察院 / 会议室　·　日　·　内

【画外音】 敲门声。

一个同事探进身子。

同事： 老陆，打你的人送到公诉科了。你？

陆刚看了眼孙恒英。

孙恒英笑了，拿起水杯喝了口水。

孙恒英： 老陆，你是当事人。你自己看着办。

陆刚点了点头。

31. 检察院／公诉科 · 日 · 内

一间小办公室里，坐着个年轻人，他戴着副眼镜，运动品牌的上衣，一副理工科大学生的模样。虽然一副无所谓的表情，可是他的双腿却不由自主地抖动。

陆刚与刚才的同事站在门外，隔着门窗望着那个小伙子。

同事：化工学院的大学生，刚入校，听说小学时还跳了级，现在还未成年。

陆刚推开门走进房间，小伙子看着陆刚，眼里露出迷惑。
陆刚坐到了眼镜男对面。

陆　刚：怎么不认识我了？
眼镜男：（推了推眼镜）当然认识。

32. 法庭 · 日 · 内

【闪回】
【画外音】法警：全场起立。

这是一个空间不大的法庭。被告与两个法警背对观众站着，透过被告的背影，可以看到法官的脸以及公诉人陆刚和辩护人。陆刚表情严肃，而辩护律师陈子鸣脸上却露出自信的微笑。
法官站立。

法官：被告人郭长安犯集资诈骗罪，判处有期徒刑五年。

判决结果一出，全场哗然。
陈子鸣向公诉席望去，陆刚已经走出法庭。

33. 法院门口 · 日 · 内

【闪回】

法院大门打开，等在外面的记者马上围了上去。

记者：（举话筒对镜头）今天是法院对被告人郭长安集资诈骗一案进行一审宣判，法庭外聚集了大批群众，等待判决结果。郭长安在二〇〇八年至二〇一〇年期间，以给付高额利息为诱饵，采取隐瞒先期资金来源真相、虚假宣传经营状况、虚构投资项目等手段，非法集资人民币上亿元，被骗人员超过上千名。在法官宣布判决结果后，很多群众反应激烈。

记者说话的同时，被告人郭长安被带入警车拉走。几个摄影师不住地拍着。
陆刚刚走出法院，记者又立刻围了过来。

记者 A：请问对于这个审判结果，你有什么感想？

陆刚低头推开记者，一言不发地挤出人群。
围观的人发出一片嘘声。

【画外音】陈子鸣：陆刚。

陆刚回过头。
陈子鸣从后面追上来，走到陆刚身边。
记者们再次兴奋起来，涌向旁边的陈子鸣与陆刚。
陈子鸣面对媒体十分自然，一看就是久经沙场。

陈子鸣：干吗板着脸，是不是看到我伸张了正义不爽？

陆　　刚：你这不过是靠些论辩技巧，貌似打赢了一场官司，和正义有什么
　　　　　关系！

陈子鸣不理会陆刚的话，转过头面对媒体，露出职业微笑。

陈子鸣：既然我们的检察官在这儿不好表达自己的观点，那我代替所有法律
　　　　工作者说几句。我所做的只是澄清事实。我认为今天的审判是一场
　　　　公正的审判，今天的判决结果，体现了我国法治的精神。
【画外音】群众：放屁。

陈子鸣拉着陆刚。

陈子鸣：虽然我们刑辩律师和检察官在法庭上所代表的利益不同，但我们都
　　　　是法律人，我们的终极目标是一致的，那就是公平、公正。

媒体的镜头捕捉到站在陈子鸣身边的陆刚脸上的尴尬。
人群情绪高涨，外围不断有人向前涌。

【画外音】群众：你们就是官官相护，打了这群贪官。

陆刚被挤在人群中不住摇摆。
眼镜男一只手举着半块板儿砖挤进人群，将板儿砖拍在陆刚头上。
血顺着陆刚额头流下来。陆刚慢慢倒在了地上。
【黑画】

34. 公诉科 · 日 · 内
陆刚看着眼前的眼镜男。

眼镜男：别这么看着我，我明白你们心里怎么想的，但你们知道我是怎么想的吗？法律就是偏袒当官的和有钱人。我看得清清楚楚。从我打你那天就知道，你们肯定会抓着我。别人杀人放火都不用坐牢，我们这些平头百姓做点对事就得付出代价。那又怎么样？告诉你，我没有钱赔偿你，我爸妈更没有，他们的钱都让人骗走了。你可以关我两年，直到你满意为止。

陆　刚：你家是哪儿的？

眼镜男：我家是农村的，怎么了？（激动地站起来）我们命不好。从小没上过重点学校，没遇到过好老师，高考没加分，也不会报专业，就算考高分也被派到不好的专业。家里没钱给我买电脑买手机，更不能帮我找工作。算了，还找什么工作，毕业就是失业，现在能不能毕业都是个问题。

陆　刚：我刚刚给你学校打过电话，你们学生处说会把这件事压下来，不会写到你档案里。

眼镜男愣了下，随后露出不屑的笑。

眼镜男：哟，这算滥用职权吗？这要是换我爸我妈去，肯定会被学校骂回去。那我是不是得感谢你？

陆　刚：你少废话！我告诉你！我给你们学校打电话不是为了你，我是为了你爸妈！我是觉得你作为一儿子，能为了你爹妈一辈子的血汗钱跟人动手儿，算是个老爷们儿！但是记住喽，别从背后动手，堂堂正正地面对面地来，要不容易叫人瞧不起！

眼镜男呆住了，他看着陆刚有些语无伦次。

眼镜男：你什么意思？你这是想干吗？

陆　刚：你爸妈供你上学不容易，你是他们这辈子最大的梦想，别叫他们失望。我流点血，破块皮，过两天就长上了。你叫学校开除了，你后边儿打算怎么办啊！把你手里的板儿砖换成法律堂堂正正地从正面儿拍过来！看着他的脸，这样虽然未必能赢，但是你最起码知道他的手上有和你一样的板儿砖。这样公平点儿。对了，忘了告诉你了。你上次拍我那个庭，我们检察官已经提出抗诉了。

陆刚走出房间，眼镜男坐在座位上，脸上的表情瞬息万变，直到流泪。

35.　检察院 / 会议室　·　日　·　内

【画外音】黄圆圆：就这么算了？

陆刚点点头。他已经坐回到会议室。
同事们都满脸的难以置信。

李亮文：但如果真这样平息了事,老百姓会不会觉得我们检察院做贼心虚呀？我觉得这事必须严办，还要媒体曝光才行，要让社会知道我们检察院并非软弱无能的。

陆　刚：这个小伙子同村的人从他家借钱去投资，结果被骗了。本来就是一场误会，如果这样做的话，误会不就更加深了！我也觉得很憋气，平白无故被人打一板儿砖，恨不得带块板儿砖打回去。通过那次讨论，我才发现，之所以老百姓会拿起板儿砖打人，是因为他们也觉得与我们没办法沟通。如果真的有机会可以坐下来好好聊聊，就不会有这样的问题发生了。

孙恒英：我也比较赞同陆刚的做法，但老陆你这样处理，我们院里可就不管了，对外可不能再说是被人打的，再有事我们也不管了。

36. 检察院 / 走廊 · 日 · 内

一个女人急匆匆地跑在检察院走廊中，一直来到会议室门前，打开门。

【画外音】女人：陆刚！

陆刚惊诧地回过头，看到一个穿着得体、相貌漂亮的女人，她是陆刚的妻子。陆刚连忙起身拉妻子离开。会议室里留下一片笑声。

37. 检察院 / 办公室 · 日 · 内

几个拿着文件的检察院同事，经过办公室门口时，都侧身往里看。

办公室里，陆刚坐在办公桌上。陆刚的妻子脸色极差地站在他面前。她伸手揭开陆刚头上的创可贴，陆刚疼得龇牙咧嘴。

陆刚妻子：你还知道疼？

陆　刚：我也是肉做的呀，当然知道疼！

陆刚妻子：我还以为你已经进化成铁人了呢。我刚下飞机，一开手机，俩短信：一条是儿子考试不及格；一条是老公被人拍砖。你多大了？你好意思吗？

陆　刚：（有些着急）那是你关机了，收短信晚了。事儿都解决了，儿子考试都过了。

陆刚妻子：他怎么会考试不及格，他为什么交白卷？

陆刚转过头不看自己妻子。

陆刚妻子：还不是你这当爹的没爹样，让他失望了。

陆　刚：（有点急）我哪儿让他失望了！

路过办公室门口的同事都窃笑着。

陆刚妻子收拾东西往外走。

陆刚妻子：不跟你在这儿耗着了。我得马上到公司一趟，看你这木头脑袋也
　　　　　　不会有什么事。赶快回去开你的会吧。

陆　　刚：他失望是因为他原来不了解我。现在儿子和我好着呢。

陆刚妻子走到门口停下。

陆刚妻子：这一天时间就达成共识了？

陆　　刚：达成共识有时只要一个小时。

38.　盥洗室　·　日　·　内

陆刚摸了摸头，笑了。

7 号陪审员：头怎么弄的？

陆　　刚：没事儿，花盆砸的。

7 号陪审员：看你也挺不容易的，头伤成这样还来开家长会，你肯定对你儿
　　　　　　子挺上心的吧！

陆　　刚：谁不是呢？

7 号陪审员递给陆刚一支烟。

7 号陪审员：花没事儿吧？

陆　　刚：（笑了笑）没事儿。

39. 陪审室 · 日 · 内

陆刚与 7 号陪审员走出盥洗室。

3 号陪审员站在窗户边。其他陪审员在房间里走动。一片尴尬的静默。

李老师打开门进来。

李老师：怎么了，没什么事儿吧？

陪审团长：没有，没事儿，就是讨论得有点儿认真。

李老师：认真点儿好，慢慢儿讨论。

李老师环顾了一下房间，然后出去了，在身后锁上门。

停顿。其他人都看着 3 号陪审员。

3 号陪审员：干吗，你们盯着我干吗？

其他人很尴尬地转开头去。有一些人回到自己的座位上。

5 号陪审员：这天儿阴的！雨再下不来，真能把人憋死……

4 号陪审员穿着西装打着领带，好像并没有受到炎热的影响。

5 号陪审员：（转向 4 号陪审员）哥们儿，不热呀，这么捂着？

4 号陪审员：还成，在新加坡工作了一年，习惯了。

6 号陪审员：咱们现在是不是又该投次票了。

7 号陪审员：对呀。投完之后，备不住还能再打一架呢……快一钟头了啊！

6 号陪审员：团长？

陪审团长：我没问题。有谁还有什么话要说吗？

没人回答，过了一会儿。

3 号陪审员：等会儿！我觉得咱们这次应该举手，别鬼鬼祟祟的，这样最起码知道谁站在哪一边儿，也好知道冲谁提问！知道谁站哪一边儿不违反规定吧？

陪审团长：不违反，只要大家同意就不违反。没人反对吧？……没有。上一次投票的结果是八比四，倾向于有罪。好，我叫你们的陪审员号。我——1 号陪审员，投"有罪"。2 号陪审员？

2 号陪审员：无罪。

陪审团长：3 号陪审员？

3 号陪审员：有罪。

陪审团长：4 号陪审员？

4 号陪审员：有罪。

陪审团长：5 号陪审员？

5 号陪审员：无罪。

陪审团长：6 号陪审员？

6 号陪审员：无罪。

陪审团长：7 号陪审员？

7 号陪审员：有罪。

陪审团长：8 号陪审员？

陆　刚：无罪。

陪审团长：9 号陪审员？

9 号陪审员：无罪。

陪审团长：10 号陪审员？

10 号陪审员：有罪。

陪审团长：11 号陪审员？

11 号陪审员：无罪。

陪审团长：12号陪审员？

12号陪审员：有罪。

陪审团长：六比六。

7号陪审员：嘿！

10号陪审员：你们知道六比六这个结果说明一个什么问题吗？说明你们这么多年都白受教育了！咱们讲究的是什么呀？是多劳多得，少劳少得，不劳动者不得食！……"富二代"都是什么人？一群废物！甭管怎么着，一代还能创造点GDP，二代会什么？就知道开着跑车在马路上作（zuō）！谁不明白呀？说白了就是想告诉你们——你们这普通老百姓就是努力一辈子也他妈没用，你干得再好也不如我生得好！不就这意思吗？！

9号陪审员：这跟是不是"富二代"没关系。

10号陪审员：怎么没关系啊？我再说一遍啊，这事实是一个失散多年的亲生父亲，想要点儿生活费！一个让后爹惯坏了的、开跑车的崽子不给，转身儿的工夫，亲爹死了、肚子上插了一把这崽子的刀！这就是事实！然后这屋里的十二个人居然有一半儿在他（指陆刚）的带领下觉得这孩子是好样儿的！你们还有点正义感吗？

9号陪审员：只要是有犯罪嫌疑的人，我们就应该先查他的身份？只要他是"富二代"，就一定是杀人犯？

10号陪审员：你是老"富二代"了，怪不得你一直替小"富二代"说话呢！

9号陪审员：我要是年轻一点儿的话……（陆刚用手拉住9号陪审员的手腕儿，9号陪审员停住了，说不下去了。）天真热啊。

11号陪审员：你喝不喝水？

9号陪审员：不用了，谢谢。

房间里又暗了许多，还是令人压抑的静寂。在饮水机的附近，当7号陪审员、

10 号陪审员和 2 号陪审员在不同的时间去拿水的时候，有低低的交谈声。

2 号陪审员：要下雨了。

7 号陪审员：我还是采访采访你吧，怎么改主意了？

2 号陪审员：嗯，我觉得好像——

7 号陪审员：你觉得好像？就因为你觉得好像？！你想得忒多了，你明白吗？！

2 号陪审员：我想多了吗？

10 号陪审员：（边走边轻声）没没没，你没想多！

现在比刚才更暗了。房间里没有动静。每一个人都在等待着暴风雨。突然，暴风雨来了。能听到雨浇落在静默中的声音。人们把头转向窗户。雨哗哗地下着。

4 号陪审员走到盥洗室，然后进入厕所。

大家开始搬桌子。

陪审团长站起来，走到 7 号陪审员的位置上。雨声一直持续不断。陪审团长来到陆刚身旁。

陪审团长：这雨终于下起来了。

陆　刚：是啊。

陪审团长：这雨下的，让我想起以前的一场雨——就在工体的那场球。

3 号陪审员穿到盥洗室，进去，打开灯，洗手。

陪审团长：国安，零比二落后，场子里都是积水，球都不走了，但是场地北边儿还比较干，高峰开始控球，过了几个人呀？！到禁区里横着带，"咣"，就是一脚！北京爷们儿全站起来了。大声喊着，国安牛B。紧接着几分钟里连着进了仨！最后四比二，反败为胜！整个看台上全是光着膀子的老爷们儿，集体扯着脖子喊——国安牛 B，国安牛 B！

陆　刚：那你觉得，到底是有罪还是无罪？

陪审团长：无罪，可是我想看你怎么赢。

陆刚短暂地笑了一下。

陪审团长：其实要是四比零也挺没劲的，在大雨里反败为胜记得更清楚。

7 号陪审员：（把手里的票撕了）得，爱几点几点吧，球儿是看不上了……
　　　　　　把灯开开吧，太黑了，给谁省呢这是？

4 号陪审员去开灯，结果灯和空调同时开了。

陪审团长：它肯定是和电灯的开关连在一起的。

7 号陪审员马上走到空调前边对着吹起来。

7 号陪审员：都以为坏了呢，谁也没试试开灯。

陆　刚：所以说——不试试，你永远不知道自己的看法是不是错的。

40.　盥洗室　·　日　·　内
3 号陪审员和 4 号陪审员在盥洗室里。

3 号陪审员：（对 4 号陪审员）雨真大。

4 号陪审员：（点头）平了……

3 号陪审员：你说是不是？

4 号陪审员：啊，什么？

3 号陪审员：刚才是丫成心逗着我发火儿！是，我这人脾气不好。他非说我
　　　　　　有暴力倾向！他谁呀！凭什么这么说我呀！丫绝对是成心的！

4 号陪审员：那他成功了。你确实火儿了呀。

3 号陪审员：我告诉你，我是嘴对着心说的。我的方式不一定好，但我绝对是嘴对着心的，我和别人不一样，我就是这种类型的人！

4 号陪审员：（一边甩手，一边儿回头看着 3 号陪审员，认真地说）老哥，谁和谁都不一样。

陪审团长打开盥洗室的门。

陪审团长：来吧！

4 号陪审员离开了盥洗室。

41. 陪审室 · 日 · 内

7 号陪审员：怎么聊成六比六了？各位，我可是个陪绑的，你们非让我在这看着你们一个个犯糊涂，这都多长时间了，你们觉得有意义吗？

11 号陪审员：这有意义，因为这里存在合理怀疑的可能性。

5 号陪审员：同意无罪的人已经从一个变成六个了，你还觉得没有合理怀疑的可能性吗？

7 号陪审员：这里面根本就没有合理怀疑的可能性。

11 号陪审员：你根本就不懂"合理怀疑"什么意思，你懂吗？法盲！

7 号陪审员：你什么意思啊，我开小卖铺的就一 2B。我就得不懂？你懂！你懂你跟这儿坐着？你不上法院断案子去？说两句法律用语就不知道自己姓什么了！你还知道自己吃几碗干饭吗？咳，我太清楚你是什么人了！费劲巴拉削尖脑袋钻到北京来，大气儿还没喘匀呢，就开始告诉我们北京人该怎么活着了。还他妈跟我玩上傲慢了！

5 号陪审员：（对 7 号陪审员）因为他没生在这儿就不许傲慢？我觉得你傲

慢就是因为你生这儿了。

11号陪审员：中了中了。不跟他一般见识，你根本就没有法律常识，他说的这些和合理怀疑根本就没关系。

7号陪审员：我告诉你，在这儿没人能告诉我什么词儿我懂，什么词儿我不懂。（指着11号陪审员）尤其是他，我就不信你一河南乡下人能比我这门头沟的还聪明，你也太不知道天高地厚了！

陪审团长：行啦行啦，别吵啦，看看这个。

陆刚打开电脑视频。屏幕上出现"富二代"接受媒体采访的画面。

画面慢慢放大转现实。

这是一个访谈节目。

"富二代"坐在沙发上，女主持人和嘉宾黄西坐在他的对面。

女主持人：这是方志鹏在案件发生后快半年的时间里第一次公开接受采访，在这里我与观众都想知道，面对各种舆论，这个二十岁的孩子究竟有什么话要对大家讲。

黄　西：我相信接下来的问题可能会让方志鹏难受，但我觉得在这种情况下，我有必要去问一下大家最希望听到的问题，也希望方志鹏可以给我们大家一个最想知道的答案。

"富二代"方志鹏脸的特写。

黄　西：那我们就不要拐弯抹角，我其实就只有一个问题，方志鹏，我想你知道我要问什么。

方志鹏：我没有杀人！

女主持人：方志鹏，不要紧张。我们不是警察，这也不是质问，我们只是希望你可以在这里打开心扉。

方志鹏：（低下头，声音低）我没有杀人。我那段时间就在开车，没什么具体的目的地，就是觉得心烦，当时车上就我一个人。

主持人：你怎么能证明你当时就在车上呢？

方志鹏：我当时在听交通广播。当时是晚上八点多。

主持人：什么节目？

方志鹏：我只记得在放歌。

主持人：什么歌？

方志鹏：……我记不得了……

黄　西：这些话到底值不值得我们相信呢？

"富二代"语结，镜头特写停在方志鹏的脸上。

被暂停电视画面。

4号陪审员：他就提供了这些细节吗？

陪审团长：只说了这些。

4号陪审员：那这不能作为证据，那个时段是固定的，在北京开过车的人都知道，有五百辆车在路上开着，最少得有一半在听交通广播，这是常识，不能当作他当时在车上的证据。

陆　刚：把你自己放在那个"富二代"的位置上，如果你能够的话，你觉得你可以在有被父亲打在脸上这样令人烦乱的经历之后，还能记住那些细节吗？

4号陪审员：他既然知道车上在放交通广播，说明他听了，既然听了，多少总能记得一些细节吧，比如，谁主持的，什么内容？

陆　刚：你看，根据警察的说法，他回家不久，警察就上门抓捕他，告诉他生父被杀的事情，他承受着巨大的心理压力……你觉得在这种情况下，他还能记住自己听过的广播的细节吗？

4号陪审员：他是在接受采访的时候回答这些问题的，没有经受巨大的心理

　　　　　　 压力。

陆　　刚：那我想问你个问题。

4 号陪审员：嗯。

陆　　刚：你昨天晚上吃了什么？

10 号陪审员：又来了！

4 号陪审员：火锅。（对 10 号陪审员）没关系，我能记得住。

陆　　刚：能说点细节吗？

4 号陪审员：这没问题。（对陆刚），我昨天是和我女朋友一起吃的，我们
　　　　　　点了牛肉、羊肉、虾滑、百叶、金针菇、蔬菜大拼盘，我点的
　　　　　　是麻酱，我女朋友点的是香油……

陆　　刚：（打断 4 号陪审员）好，成立了，那么前天呢？

4 号陪审员：前天我和朋友一起吃的饭，吃的日本料理，点了刺身拼盘、油
　　　　　　炸天妇罗、乌冬面，对，我们还喝了清酒。

陆　　刚：那么大前天呢？

4 号陪审员：（试图回忆）大前天，（他停住了）大前天在家吃的。

陆　　刚：那么细节呢？

4 号陪审员：（想了一会儿）记不住了。

陆　　刚：一点都记不住了？

4 号陪审员点头。

陆　　刚：你现在承受着巨大的心理压力吗？

4 号陪审员：（停顿了一会儿）没有。

9 号陪审员：我觉得要点已经说明白了。

10 号陪审员：好重要的一点啊！

9 号陪审员：我认为是很重要的一点。

10 号陪审员：什么？

9 号陪审员：这位先生吃什么都记不住，那个"富二代"在车上听什么也记不住。杀人跟记性没关系。

10 号陪审员：（对 9 号陪审员）你可以说出大天来。这个"富二代"有罪，句号。朋友，明白我的意思吗？谁还有金嗓子？

2 号陪审员：都吃完了，哥们儿！

陪审团长：我刚想起来，有件事儿我们一直忘了，就是那些媒体说的话。

10 号陪审员：媒体说话都跟放屁似的，不是打扮成社会新闻的黄色笑话，就是打扮成国际新闻的商业广告。

陪审团长：您能有一次让人把话说完吗！

10 号陪审员：我才不想再听什么媒体的狗屁话呢，谁知道他们是不是被"富二代"收买了。

陆　　刚：你为什么不让别人说话？等他讲完！

陪审团长：媒体已经把这"富二代"从小学三年级到大学的事都挖了出来，他们找了一大堆他有暴力倾向的证据。

12 号陪审员：对，找了心理专家给他做了心理分析。

陪审团长：对。我们说的是一个脑子里想着谋杀的"富二代"。

12 号陪审员：我想起来了！专家原话——潜意识的谋杀倾向。

陪审团长：对，我们不能忽略这孩子是个有心理问题的人。

11 号陪审员：对不起，我打断一下儿……不是——

10 号陪审员：还"对不起，我打断一下儿"，还他妈假装挺有礼貌……

11 号陪审员：我不是装的，这和你的不礼貌一样。这是家教。（转向其他人）世界上有心理问题的人多了，也不是每一个有心理问题的人就得去杀人吧，有可能杀人和杀人犯差别可太大了！

4 号陪审员：那心理测试为什么会被允许作为证据呢？

11 号陪审员一时词穷，看向陆刚。

陆　　刚：当然有很多用途了。在这个案子里，它们加深了起诉方想要制造的总体印象。比如现在我们十二个人同时参加同样的测试，你也会发现其中一两人有潜意识的谋杀欲望和实施的潜在可能。可是，我们十二个人里没有一个人是杀人犯。说一个人有能力谋杀并不等于他真的犯了谋杀罪。

10号陪审员：那是专家！你们是谁呀？报纸上写得清清楚楚——专家认为他能杀人，那他就是杀人犯！

陆　　刚：你不是说你从来不相信媒体的话吗？这会儿怎么又信了？

10号陪审员：我操，我招你啦……（穿行到陆刚的位置）……（自己停住了）

陆刚没看他。10号陪审员生气地走了。

6号陪审员：几点了？

7号陪审员：六点零五分。嘿，看那雨。

2号陪审员：（对陆刚）嗯，我能看一下那把刀吗？

陆刚从桌子上把刀推过去，2号陪审员打开刀，仔细地看着。

陪审团长：好了，我们还是六比六平。谁有什么更好的建议？

12号陪审员：我有。（积极踊跃地）咱们吃点儿晚饭吧。

5号陪审员：我们不如等到七点吧？再给一个小时。

12号陪审员：我可以。

2号陪审员：嗯——我有话要讲。就是，就在我们卡在这儿的时候，有个事儿一直让我心里有点儿不踏实……嗯，就是整个这个伤口的事儿，它是怎么形成的，那个向下的角度，你们知道吧？

3号陪审员：别告诉我咱们又要开始这个了。他们不是讲了又讲，讲了又讲。

2号陪审员：我知道，但我不太同意。那个"富二代"只有一米七二高。他爸爸是一米八三。他们身高差十一公分。要想从上往下，刺进一个比你高的人胸口是很别扭的。

3号陪审员：（穿行到2号陪审员的位置，指着刀）一看你就没使过。

2号陪审员把刀递给3号陪审员。

3号陪审员：我告诉你们他当时是怎么捅的，我来给你们示范。站起来一个人。

停了一下。没有人动作。然后陆刚站起来，来到3号陪审员身边。他们站着看着对方。

3号陪审员：（对2号陪审员）现在，看仔细了。就一遍。（他转向陆刚，直直地看着他，然后蹲下身让自己矮一点儿）我比你矮十公分。对吧？
2号陪审员：对。可能再低一点儿。
3号陪审员：行，再低一点儿。

3号陪审员弹开刀，换了一下刀在手里的位置，高举着刀，准备往下刺。
陆刚和3号陪审员牢牢地盯着对方，然后3号陪审员突然向下刺去，非常用力。

2号陪审员：小心！

刀锋在陆刚胸前一英寸的地方停住了。陆刚没有动。3号陪审员笑了。

3号陪审员：我又没捅进去！
陆　　刚：对，没有。

3 号陪审员： 好了。这就是你的角度。看看这个，向下向内。这就是如果
我要捅一个比我高的人的胸口，是怎么做的。这有什么不可能
的吗！

3 号陪审员把刀交给陆刚，然后走开了。12 号陪审员来到陆刚面前，握着拳，
模拟刺陆刚的胸口。

12 号陪审员： 向下向内。我看没什么好说的。

5 号陪审员：（移到陆刚身旁）等一下。把那个给我。（陆刚把刀交给 5 号
陪审员。他合上刀，小心翼翼地拿着）我怎么把这件事给忘了，
就这种刀，我小时候我们那儿的孩子几乎人手一把。

陆　刚： 那你知道他们是怎么用的吗？

5 号陪审员： 侧挑根本就不像他们那么使。还得倒一下手。

陆　刚： 应该怎么用？

5 号陪审员： 真正的侧挑只有一种使法，就是为了快，由下往上。

5 号陪审员弹开刀，正手握着，抡起来轻巧地向前向上。

陆　刚： 你确定吗？

5 号陪审员： 确定。

5 号陪审员拿起刀插进了桌上的矿泉水瓶里。
5 号陪审员合上刀刃，又把它弹开。

5 号陪审员： 所以他们才把弹簧刀做成这样，就是为了快。

陆　刚：（对 5 号陪审员）以你的经验，你觉得他能刺出那种向下向内的刀口吗？

5 号陪审员： 凭我的感觉，不可能。

3 号陪审员：你怎么知道？他爸被杀的时候你看见了？

5 号陪审员：没有。我哥就是被这种刀捅的，现在还躺在床上。

5 号陪审员沉默了一会儿，走开了。

停顿。

2 号陪审员：有道理。

3 号陪审员：一个人一种使法，我就这么使。

陆　　刚：（对 12 号陪审员）你觉得呢？

12 号陪审员犹豫了一会儿。他有点困惑，想说出自己真正的想法来。

12 号陪审员：嗯——我……我也不知道了……

3 号陪审员：什么叫——你也不知道啦？

12 号陪审员：我不知道。

陆　　刚：（对 7 号陪审员）你觉得呢？

7 号陪审员立刻左右看了一下桌子旁的人。

7 号陪审员：无罪！我改了！改无罪了！

3 号陪审员：你什么？

7 号陪审员：我烦了！

3 号陪审员：什么叫你烦了！

7 号陪审员：烦了就是烦了，你不烦啊！

11 号陪审员：（对 3 号陪审员）你说得对。你说你是个啥样的人呀，你说
　　　　　　　你烦了！

7 号陪审员：你给我闭嘴，有你什么事啊！

11 号陪审员： 你刚刚从有罪投到无罪，你说你烦了。这能行吗？幸亏中国没有这制度，要是真有把人命交在你这样的人手里，那太可怕了！你就一点儿都不关心这人吗……

7 号陪审员： 我就不关心了！那又怎么了？

11 号陪审员： 你太没责任感了！

7 号陪审员： 我就没责任感了，怎么了？

11 号陪审员： 那这个人你到底觉得他有罪还是无罪？

7 号陪审员： 我说了——无罪。

11 号陪审员： 为什么？

7 号陪审员： 去你大爷的吧！

大家等着他的答案。

7 号陪审员： 我烦了，知道吗？我不光烦这事了，我还烦你呢，我早就觉得你不是东西了，你守着校门不让我进去，学生们见天让我夜里头给他们送方便面，还得是泡好的方便面，我端着两碗方便面，还得保持平衡，我容易吗我？光你们有孩子，我就没孩子吗，凭什么啊？你我看不起，你看得起我吗？回回都是通知我，告诉我今天断水明天断电，有人问过我吗？成天就叫我配合，我配合了啊！我一冰箱冰棍快化了，有人问过我一句吗？我知道这跟你们一毛钱关系都没有，你们有人配合过我吗？你们以为我听不懂他们说什么吗，他不就是讲理的吗？他不就是告诉我这孩子的命比冰棍重要吗！我懂，我全懂，可我说的话你们听得见吗？你们听不见，你们永远听不见！无罪！都无罪！

陆刚为 7 号陪审员拉了拉椅子，让他坐了下来。
短暂的沉默。

陆　刚：团长，我们再投一轮票吧。

陪审团长：好，再投次票。咱们还是举手表决吧，赞成"无罪"的请举手。

陪审团长：所有投"无罪"的人请举手。

2 号陪审员、5 号陪审员、6 号陪审员、7 号陪审员、8 号陪审员、9 号陪审员和 11 号陪审员马上举起手。

陪审团长：一……二……三……四……五……六……七。

12 号陪审员的脸上带着犹豫，后来突然举起手。

陪审团长：八。

陪审团长停止数数，环顾了一下桌子。慢慢地，几乎是尴尬地，他举起了自己的手。

陪审团长：九。（放下手）所有投"有罪"的。

陪审团长看向 3 号陪审员，3 号陪审员毫不犹豫地举起了手，看向 4 号陪审员，4 号陪审员举起了手，10 号陪审员最终举起了手。

3 号陪审员、4 号陪审员和 10 号陪审员举起手。

陪审团长：九比三，倾向于"无罪"。

所有人的目光都望向 10 号陪审员。

【闪回】电视画面中，"富二代"的脸部特写。

10 号陪审员：你们一个个儿都冲着我来干吗！是我杀人了还是怎么着？不是我批评你们，你们怎么连这么简单的事实都弄不明白呢？嘿嘿嘿，脑子受伤了的那个，我真不知道他是怎么想的，所有专家的话、证人的话呀一概不信，什么都质疑！你那意思就是说，谁有钱听谁的是吗？那我问你，这案子不是一"富二代"，是一农民他们怎么判！早定罪了！别跟我们聊什么人性什么权利的，咱们往真了聊！一辆公共汽车上都是大学生和教授，只有一个外地人，丢了一钱包你说先看谁？你别告诉我你去看那些大学生！一法拉利把夏利撞瘪了，你别告诉我你不觉得是那法拉利在欺负人！

5 号陪审员穿到盥洗室去了。

10 号陪审员：什么意思呀！

5 号陪审员进了厕所，在身后重重地摔上门。

10 号陪审员：摔门什么意思？你摔什么我也得这么说！要是一杀人案里有一个像这样的"富二代"先杀后问，出不了冤案！更别说他还是一河南人！

11 号陪审员站起来，穿到盥洗室门口。他在 5 号陪审员后面。

10 号陪审员：你去哪儿？

11 号陪审员没有回答，进了盥洗室。

10 号陪审员： 你在那里面，清清耳朵，也许你就能听见了。

4 号陪审员起身，走向窗户。

10 号陪审员： 你们上城乡接合部看看去！那帮外地人除了喝酒打架，他们还会干什么？我儿子上不了大学赖谁啊！我儿子不是不用功啊！他每天都复习到两三点，我瞅着就心疼！我儿子上不了大学就得当民工，他现在有一条腿已经掉到民工的队伍里了，（看向 11 号陪审员）我不是看不起河南人，河南人挺好的，租我家房子的那几个河南小姑娘，对我都好着呢。要是没有他们，兴许我儿子就有学上了呢！我儿子上不了学就得当民工，你说谁愿意让自己的儿子当民工啊！

短暂的沉默后，大家又纷纷坐回了自己的位置。

陆　刚： 太难了，确实是太难了。在这种事情上确实很难不加入个人偏见。但是不管怎么说，偏见总是会影响事实，好在我们没有造成什么真正意义上的损害。我不知道真相是怎样的，也没有人知道。可能是我们错了，真的是我们错了。但是我们有合理的怀疑，这是在我们的社会里有巨大价值的一种保护措施。谁都不能随随便便宣布一个人有罪，除非证据确凿。我们九个人不能明白你们三个人为什么还能如此肯定，也许你们能告诉我们。

4 号陪审员： 我来告诉你。你说了一些非常好的观点。最后一个，你争辩那个"富二代"不会弄出那种上手的伤口，确实很有说服力。但是我仍然相信他犯了谋杀罪。街对面的女人亲眼看到了谋杀，她不仅看见了杀人，还看见了怎么杀的。

3 号陪审员： 对！还看见了怎么杀的，哥们儿！对我来说，这是整个案子里最重要的证词，得让他们好好看看这个。

3号陪审员打开电脑视频。

电脑视频画面。

一个五六十岁的女人穿着夸张，面对镜头显得特别有表现欲。

画面放大。

42. 筒子楼/女证人家 · 日/夜·内

【闪回】

女证人拿着话筒带着媒体记者穿行在她的屋子里。

女证人：（打开房间窗户）你们看，对面就是他家，隔着一条铁道。我从这里看得清清楚楚。

记者：（站在窗边）对面哪个窗户是死者家？

女证人走到窗前，伸出手，犹豫了一下，眯起眼，随后用手揉了揉（有点夸张的动作）。

女证人：嗯，就是那个，左面第三个。

记者：你能再说一下，那天晚上发生了什么吗？

女证人：没问题，我说的话都保证绝对真实，那天晚上……

记者：（打断）不好意思，能请你对着我们镜头说话吗？

女证人眯眼看了下前方，然后转了下方向。

女证人：那天晚上……

【闪回】

深夜。

女证人躺在床上翻来覆去。

【画外音】火车经过铁道的声音。

光从窗外照进女证人的家，女证人从床上爬起，走到窗边。对面一扇窗里亮着灯，窗里映出两个男人的身影，他们正在厮打，一个弱小的身影拿起刀捅进另一个人的身体。

女人瞪大眼睛大声尖叫了起来。

43. 陪审室 · 日 · 内

4号陪审员：（对陆刚）你怎么想？

陆刚保持沉默。

4号陪审员：（看着12号陪审员）你呢？

12号陪审员：嗯——我不知道。我真不知道怎么有这么多事啊。

4号陪审员：坦白地说，我真看不出我们怎么能宣判无罪。

12号陪审员：怎么这么复杂啊，太难了！

3号陪审员：你可以把其他证据都扔了。那个女人看见他干了。你还想要什么？

12号陪审员：嗯，也许……

3号陪审员：咱们来投票吧。

陪审团长：好，再投一轮票。有人反对吗？

12号陪审员：我要改票。我觉得他"有罪"。

3号陪审员：还有别人吗？现在是八比四。

11号陪审员：（对3号陪审员）是什么让你觉得这一票是你个人的胜利？

3号陪审员：我就是一想赢的人。（对其他人）这是我的想法。我觉得咱们决定不了了，直接跟老师说吧。

4号陪审员：你刚才可不是这么说的。

3号陪审员：我改了，我想赢真理呀！

4号陪审员：我没明白，你刚才不是觉得改主意就是叛徒、是不仗义吗……

3号陪审员：关键是有不讲理的呀——你瞧他拧（nìng）的——金钟罩、铁裤衩儿啊，好说歹说都没用。你要是觉得你能把铁丝儿泡成方便面，你来。我觉得我没戏了！

陆　刚：我觉得咱们还是应该再想想。

3号陪审员：听见没有？（对4号陪审员）跟他说话得有过日子的心！（挥手向12号陪审员）你那保险多少钱一份儿，我买一份吧，我怕把我急死！

4号陪审员摘下眼镜擦镜片。

3号陪审员：（对12号陪审员）你也够能聊的！（转而对陆刚）要不我给你磕一个得了。（对陆刚）别耗下去了，孩子、老师、我们都殷切期望着呢。

4号陪审员：好吧。也许咱们可以讨论一下设个时间限制。（仍然在擦着镜片，转过身，抬头盯着钟）现在是……（眯着眼睛）

3号陪审员：六点一刻。

4号陪审员：（看着钟）六点一刻。（他摘下眼镜把它放在桌上。他看上去很累。他闭上眼睛，用手指夹住眼镜在鼻梁上留下的印儿，一边说话一边揉着）有人前面说过七点……

9号陪审员仔细地看着4号陪审员，很显然在想着一件非常让人激动的事儿。

9号陪审员：（对4号陪审员）老戴眼镜儿酸吗？

4号陪审员：还行。

9号陪审员：我问的原因是因为你揉鼻子的动作像……对不起，打断你了。但是你做了一个动作，让我想起来一件——

4号陪审员：我觉得我们现在讨论的可能更重要一点儿，要不然你等我说完再说，（看了一眼手表）六点十七了……

9 号陪审员：我觉得这个很重要。

4 号陪审员：（叹了口气）行吧。

9 号陪审员：谢谢。我想知道你为什么这样揉鼻子呢？

3 号陪审员：他那不是戴眼镜戴的，是他妈听废话听的！

9 号陪审员：我正在说话呢！（对 4 号陪审员）我看见你刚才看表时眯着眼。

4 号陪审员：我没明白，看不清楚眯下眼睛有什么奇怪的。

9 号陪审员：是不是因为你摘了眼镜？

4 号陪审员：改他妈体检了，咱们能不能说点儿有用的？

9 号陪审员：（对 4 号陪审员）那个作证说看见谋杀的女人刚才看东西时也
　　　　　　特别眯了下眼。

陆　　刚：对，她是有。

房间里一阵安静，然后发出一阵即兴的含糊不清的对话。

9 号陪审员：请安静。一分钟我就说完。我不知道其他还有谁注意到她了。
　　　　　　我当时没怎么想，但现在我想起她的脸。她有这样的印儿。她
　　　　　　在法庭上还一直在揉。

5 号陪审员：他说得对。她是做了很多那样的动作。

9 号陪审员：那个女人得有五十岁了。她为了在第一次公众亮相上让自己看
　　　　　　起来像四十岁，做了非常大的努力，很浓的妆，染了的头发，
　　　　　　适合更年轻一点儿的女性的新衣服，没有戴眼镜。你们是不是
　　　　　　也想起来了？

3 号陪审员：你什么意思，没戴眼镜？你根本就不知道她戴不戴眼镜。就因
　　　　　　为她看东西眯眼？

5 号陪审员：对，她讲话时眯眼睛，我也看见了。

3 号陪审员：那怎么啦？你觉得说明什么啦？

陪审团长：听着，我也看见了。他说得对，我也注意到她眯眼睛了。

3 号陪审员：就算她染了头，眯眼睛，我问你，这怎么了呢？

9 号陪审员：只有近视眼才那样看东西吧！

4 号陪审员：对。

3 号陪审员：（对 4 号陪审员）听着，你在这儿说什么呢？眯眼很正常。

4 号陪审员：我看见了。奇怪，我以前没想过这事儿。

3 号陪审员：那么，怎么没有人注意到这点？

陆　　刚：大家注意的方向都不在这上面。

3 号陪审员：好吧，那她为什么不戴眼镜上采访？

陆　　刚：你见过本来应该戴眼镜却不戴，因为害怕破坏自己形象的女人吗？

6 号陪审员：我老婆。听着，我告诉你，我们一出门……

陆　　刚：也许记者们也不知道。

6 号陪审员：对，我就是要说这个。

3 号陪审员：好吧，她看东西眯眼睛，是近视眼闹的。她接受采访时不戴眼镜，是因为想让大家都觉得她是大美人儿。她还涂了红脸蛋儿、穿了高跟儿鞋——又怎么了呢！有点儿臭美并不影响她说实话吧！就算她接受采访的时候摘了眼镜抹了口红，哪怕她光着屁股，也不能说明那天晚上她一个人在家亲眼看见"富二代"杀人是假的！

陆　　刚：（对 4 号陪审员）你上床睡觉的时候戴眼镜吗？

4 号陪审员：不戴。没人上床睡觉的时候还戴眼镜。

陆　　刚：对。这是符合逻辑的。她的证词里说——她那天晚上关了灯在床上翻来覆去，半天都没有睡着……

4 号陪审员：对，基本上是原话。

陆　　刚：一个人在床上辗转反侧、试图入睡的时候是不可能戴着眼镜的。

3 号陪审员：你看见啦！

陆　　刚：我也是在推测。可是我推测的结果和她说的不一样。

44. 筒子楼 / 女证人家 · 夜 · 内

【闪回】

黑夜。火车经过。

女人从床上爬起,走到床边。

女人没有戴眼镜,她打开窗,看到对面亮着灯的房间里两个模糊的人影在厮打。

女人尖叫一声,她跑到床边拿起眼镜。再回到窗边,对面已经是漆黑一片了。

【画外音】陆　刚：我还猜她很可能无意间看向窗外的时候也并没有把眼镜戴上。她自己也说过,她看出去的时候谋杀正好发生,之后一瞬间灯就关了。她根本没有时间戴眼镜。

45. 陪审室 · 日 · 内

3 号陪审员：等一下……

陆　刚：还有个猜测。也许她确实以为她看到了那个"富二代"杀了他爸。其实,她只是看了个大概。

3 号陪审员：你又不是那女的,你怎么知道她看不见啊!(对陆刚)你知道她戴什么眼镜吗?光凭鼻梁子上俩坑就瞎猜。要是她远视呢?!要是那俩坑是因为她戴墨镜呢!你又不知道!那我问你,你脑袋上的伤是怎么来的?

陆　刚：……不小心磕的……

3 号陪审员：你们看(对大家),这就是猜测的问题,我猜你这是让板儿砖拍的,可实际上是磕的。

陆　刚：……我们现在知道那个女人的视力肯定有问题,就像你知道我的脑袋一定破了一样。

11 号陪审员：她必须能在黑暗里,从几十米外辨认一个人。

2 号陪审员：你不能因为这样一个看不清楚的证据就给一个人定罪。

3 号陪审员：操——!

陆　刚：你不觉得那个女人有可能是弄错了吗？

3 号陪审员：我不觉得！

陆　刚：不可能吗？

3 号陪审员：不可能。

陆　刚：（对 12 号陪审员）可能吗？

12 号陪审员：可能。我改了——"无罪"。

陆　刚：（对 10 号陪审员）你还认为他有罪吗？

10 号陪审员："无罪。"

陆　刚：就剩你们二位了！

4 号陪审员：没有了。我被说服了。

3 号陪审员：你到底怎么回事儿？

4 号陪审员：远视眼看人是不可能眯着眼的。

9 号陪审员：现在是十一比一。

3 号陪审员：那么，所有其他的证据呢？那些东西——刀——所有那些？

2 号陪审员：你的意思是我们应该把除了刀以外所有的东西都扔了？

陆　刚：（对 3 号陪审员）现在，就你一个人了。

3 号陪审员：你刚才不也是一个人吗！这是我的权利。

陆　刚：对，你说得对——这是你的权利。

3 号陪审员：你们想怎么着啊？我就说他有罪了。

陆　刚：我们需要你来证明。

3 号陪审员：我已经证明过了！

陆　刚：可是我们没有被说服，那咱们就再听一遍，反正有时间。

3 号陪审员：从法庭到媒体、从人证到物证，都告诉你们一个浑蛋儿子杀了自己的父亲，都在告诉你们他是有罪的！学校出的题是——让我们根据现在得到的证据得出一结果，你们照着证据来了吗？！你们现在在证明所有的证据都是错的！（对陆刚）你有权利坚持你的观点，我也有权利坚持我的看法儿。不就是耗着么，来吧，我今儿打算住这儿了。

3号陪审员索性躺在躺椅上。

3号陪审员：来吧，反对吧！

其他人不说话，看着他。

3号陪审员：干吗不听那老头儿的证词啊——楼下的老头儿——都听见了！还有刀呢——就因为他找了一把一模一样的，所以就不是"富二代"买的了？那老头儿亲眼看见"富二代"下楼跑出去了，十几秒和几十秒有区别啊？！不光人证，连对你可以在屋里爱怎么跳就怎么跳，但你还是不能证明。那个眼镜儿的事儿，你怎么知道她案发时没戴眼镜儿？那女人在警察那儿指天对地的发了毒誓了都，她疯啦，就为了弄死一个没见过面儿的孩子！你们怎么想的呀！啊？！你们都是有孩子的人。是，你们孩子有考试不及格的，有早恋的，有不听父母话的，但你们见过这样儿的孩子没有？！见过吗？

其他人不说话。

3号陪审员：这就是整个儿案子。

沉默。

3号陪审员：还有那个"富二代"喊的那句话，你们有人记得吗！他说的是"我他妈杀了你！"一个儿子！——这就是一个当儿子的对他爸说的话。不管他爹是个什么样儿的人，那是他爹！对，他抛弃了自己的儿子，任何一个当过父亲的人都知道，不遇到天大的难处，谁会把自己的亲儿子给扔了呀，有谁问过这个当爹的一句吗，到底是他先把孩子遗弃了，还是他老婆先跟人跑了，他是因为什么进的监狱？你们有人问过一句吗！而且，他已经后悔了！他知道他错了！他来北京找自己的儿子认错来了，你们看见他住的房子了吗？一个月几百块的房子，对一个刚刚刑满释放，在哪儿都找不着工作的人来说，这不是一笔钱呀？！就算一个人曾经犯过错，犯过罪，难道就不能给他一个改过的机会吗？我儿子十六岁那年，跟我吵了一架，我动手了，是我不对，就算如此，也不至于对我这样吧？我儿子小时候人见人爱，特别可人疼，站在院子里对着人念英文，一脑袋小卷毛，我看着心里这叫一个美。后来他对我说要玩摇滚，我不同意，他再也不理我了，几个月几个月地不理我，说我俗，说我市侩！小子当时就比我高了，长得还挺帅的，骚壮。我过去推他一下，没推动！我这暴脾气，我心里面说我是为了你好！我又照着那个地方推了一下，结果那小子一抬手，我一屁股蹲儿坐地下了。当时他就傻了，害怕了，跑了。打这起，六年没回来，六年一个电话也没有。为这个，他妈跟我离了。我没事，我一个糙老爷们儿我怕什么啊，可他妈怎么办啊？我一个人一天能吃几顿饭能花几个钱啊？我每天起早贪黑每天出车我都不知道是为了谁！我看见那个"富二代"我就觉得刀子捅进来了，你们怎么都觉不出来，怎么就只有我一个人觉出来了！

3号陪审员说完，站起身跑到一边啜泣着。

陆刚走到3号陪审员面前，有些怜悯地看着他。

陪审团长：咱们再投一次票吧。

一阵很长的停顿。

陪审团长：现在，同意"无罪"的，请举手。
3 号陪审员：好吧，"无罪"。

46. 检察院 / 会议室 · 日 · 内
孙恒英翻看着案卷。其他同事也在传阅着其他证据。

陆　刚：这次讨论对于我们案件的推进也有着绝对的作用。这是我根据这次
　　　　讨论重新核实的几个证据。

47. 组合的片段 · 夜 · 内
陆刚与刑警一起来到现场。测量火车经过小区声音的片段。
陆刚与刑警一起审问两个证人的片段。
陆刚与刑警在路口握手分别。陆刚拍了拍手上的证据，如释重负。

48. 检察院 / 会议室 · 日 · 内
孙恒英合上案卷。

孙恒英：没想到这次讨论还给我们提供了新思路。你这次工作完成得很漂亮。
陆　刚：还没有结束。
孙恒英：没结束？
陆　刚：对，如果只是这样，那他们就不会知道今天的讨论到底有什么意义。
孙恒英：可看你的表情，你的目的应该达到了吧？

陆刚笑了。

孙恒英：别卖关子了。

49. 陪审室 · 日 · 内
众陪审员如释重负。

7 号陪审员：终于可以回家了。那就这样吧，叫老师吧。

陆刚看着沉默无语的 3 号陪审员。其他人开始收拾东西、穿衣服。
陪审团长坐在那儿低着头，突然敲了敲桌子。

陪审团长：各位，这样的结果真的对吗？

大家转过头看着陪审团长，有点意外。

12 号陪审员：这是我们讨论的结果，大家都举手同意，当然是对的。
陪审团长：可是我们做出这样的结论，对于那个"富二代"，不，对那个孩子会有什么样的影响？社会不会原谅他，不会因为我们陪审团给出的答案而改变，而我们现在做出这样的结论，肯定会再次把他推到风口浪尖，结果可能出乎我们的意料。
4 号陪审员：为什么会有人知道这个结果？这不只是学校虚拟法庭的讨论？
陪审团长：对不起，各位，作为一个法学院毕业的学生，我想在公布结果之前和大家再次探讨一下。

50. 虚拟法庭会场 · 日 · 内
十二个学生坐在法庭里认真地看着陪审室里发生的一切，每个人不同的状态。

【画外音】陪审团长：我们到底要给房间外我们的孩子一个怎么样的结果？

这会不会影响他们对于我们国家法制的信心？

51. "富二代"家别墅 · 日 · 外

一辆黑色宝马车驰出了别墅，别墅外几个人打着大条幅，条幅上写着"严惩凶手，还社会公道"的字样。

宝马车上，陈子鸣戴着帽子、口罩，低着头坐在车后座上。

【画外音】陪审团长：对于那个"富二代"，对于所有关注这个案件的人，他们渴望得到的只有一个——公平公正，可我们的结果会不会破坏他们心中的公平公正呢，我们有这样的权利吗？

52. 陪审室 · 日 · 内

陪审团长：所以，你们不觉得我们做出一个认定有罪的结果才是最合适的？

大家再次沉默起来。陆刚看了一眼周围的人。

4 号陪审员：这可真难办呀。

陆　　刚：或许我可以帮大家来做个决定。

陆刚从包里拿出自己的工作证，放在桌上，大家看到工作证上的国徽。

陆　　刚：其实我是一个检察官。

十一个人中发出一些小骚动。3 号陪审员的表情显得更加震惊。

陪审团长：难怪，你会对整个案件这么了解，条理这么清晰！

10号陪审员：你早交底，我们还和你讨论什么，明摆着糊弄我们这些老百姓呀。

陆　　刚：不，这次讨论很有必要，我不妨直接告诉大家，我有我的工作纪律，我所知道有关案情的证据，全都没办法告诉你们，在这儿，我能做的，只是和大家在一样的证据面前讨论。在这个虚拟的法庭上，我是一名陪审员，尽管这只是一个虚拟的法庭，我也仍然感受到了作为一名陪审员，身上所担负的责任的重大。因为，我手里的这一票可以决定一个人是有罪还是无罪。我不能先入为主，也不能带有任何偏见，我必须要保证我的"合理怀疑"是有证据支持的。当我作为一名检察官在决定是否对一个人提起公诉时，我肩上的责任更重，它远远超过了在这个虚拟法庭中作为8号陪审员的职责，那种代表国家指控犯罪的使命感和责任感，在这场虚拟的法庭里是无法想象的。在这里，学生的作业也好、游戏也罢，我都会严格遵守这里的规则。在现实中，作为一名检察官，我更要义无反顾地坚守我的职业道德。检察官不仅仅是担当着代表国家指控犯罪的职责，还有着体现客观公正的义务，对于证明被告人有罪与无罪的证据要同等对待，要确保被告人获得了公平的对待。公正，是我作为一名检察官的最高追求。我做了近二十年的检察官，也留下很多遗憾。家庭、孩子也都对我有意见。我也曾有过很多的牢骚和不满，但我不能因此去抱怨，更不能把这些情绪放在我的工作里。我只能慢慢地去改进，这是一个作为好父亲应该做的事情。作为检察官，我不敢说我所办理的每一个案件都能让当事人满意，但我敢拍着胸脯说，我所办理的每一个案件都是客观公正的，我敢对事实和证据负责，我对得起"检察官"这三个字，我问心无愧。说了这么多，我希望为了我们共同追求的公平公正，大家可以面对自己的内心做出最后的选择。

陪审团长慢慢起立鼓掌，所有人也都站了起来鼓掌。

陪审团长：那么，这是我们最后一次投票，认为"无罪"的请举手。

【黑画】

53. 校园外 · 黄昏 · 外

雨慢慢停了，水滴顺着屋檐流下。

李老师打开房门，与十二个陪审员一一握手。

十二个家长站成一排望着黄昏的天空。

54. 墓地 · 日 · 内

宝马车开进墓地。

"富二代"方志鹏一个人拿着鲜花走在墓地中。

方志鹏走到一个公墓前，放下鲜花。墓碑上写着：生父 ×××。

【画外音】李老师：感谢大家配合我们学校的工作，也感谢大家做出这样的
结论。这个结论必定会帮助到我们的孩子，也有助于我
们寻找案件的真相，体现我们国家法制真正的公平公正。

55. 校园礼堂门口 · 黄昏 · 外

十一个学生站在校园礼堂门口。

一个男生手捧着一堆雪糕远远跑过来，走到众人身边，撇了撇嘴，将手里的
雪糕全都塞在小文的手里。其他人看着小文，有人伸出手揉了揉小文的头，小文
绷着的脸上露出得意的笑。

陆刚和其他家长走过来，学生们一哄而散，只剩下陆刚和小文面对面。隔了
一会儿，小文和陆刚同时摸了下自己的耳垂。小文递给陆刚一根雪糕。

陆 刚：赢了？

小　文：赢了。

陆　刚：怎么赢的?

小文白了一眼陆刚。

小　文：还用问?

陆刚笑。

56.　检察院 / 会议室　·　日　·　内

孙恒英：看来我们的结果已经确定了，对吧，陆刚?

陆刚点点头：对，根据所有证据，我建议检察院维持存疑不起诉的结果。

黄圆圆：中午食堂吃什么呀? 我闻见一股烧茄子味儿。

所有同事离开会议室，陆刚整理着散落在会议室桌上的卷宗，最后收起那把军刀。

陆刚走到门口，回头望了一眼空荡荡的会议室。

【闪回】

陆刚站在陪审室的门口回头望了一眼空荡荡的陪审室。

【闪回结束】

陆刚按下开关。

会议室与陪审室的灯同时关掉（画面分割）

【黑画】

字幕：一个月后，杀害方志鹏生父的真凶落网。

【完】

电影《十二公民》主创表

出品公司	北京聚本文化传媒有限公司
联合摄制	中国检察官文学艺术联合会 辽宁省检察官文学艺术联合会 北京市检察官文学艺术联合会

总 顾 问	张　耕
总 监 制	杨　明　闫建成
联合监制	郝英林　柳建伟
策　划	李玉娇　尹衍彬
制 片 人	王鲁娜　李亮文
执行制片人	王福方　武　一
导　演	徐　昂
编　剧	李玉娇　徐　昂　韩景龙
摄影指导	蔡　涛
灯光指导	栗志强
美术指导	张　雨
录音指导	夏建馗
剪 辑 师	王　刚　尹家乐
音　乐	曾　宇　黄少峰（火星电台）
法律顾问	韩大书

后记

｜一个检察官和《十二公民》的故事｜

> 正义有着一张普洛透斯似的脸，变化无常，随时可以呈现不同形状并具有极不相同的面貌。当我们仔细查看这张脸并试图解开其表面背后的秘密时，我们往往会深感困惑。
>
> ——埃德加·博登海默（美）

我是一名检察官，从一九九六年的秋天开始。十七年了，在时光的消磨中，我已经记不清自己一共办理过多少案件，提讯过多少犯罪嫌疑人，出席过多少法庭，每天的工作变得越来越程式化，越来越平淡无奇。看卷宗、写报告、讨论案件，提审、讯问、开庭，每个案件都是相同的程序，周而复始，没有终结。有时候真觉得累了、疲了，不知道是不是应该坚持下去，尤其是，当你辛苦工作，付出了很多，却被人误解时。

很多年前，我曾经办理过一起因事实不清、证据不足，做出存疑不诉决定的故意杀人案件。这个案件的犯罪嫌疑人的家庭经济状况十分困难，他的妻子为了保证他在看守所里的基本生活，徒步行走一个小时到看守所为他投进家中变卖高压锅仅得的五十元钱，检察机关的不起诉决定完全是基于案件的事实和证据，然而，被害人的家属却不这么看。当被害人的父母、兄姐被告知案件不起诉、犯罪嫌疑人将要被释放时，自是难以接受，他们大喊大叫，声称一定要把犯罪嫌疑人告倒，不相信他们家能一手遮天，能把全国的公、检、法机关收买，任我如何解释都无济于事，尤其是被害人的姐姐以一种轻蔑的口吻对我说："我知道你承受不了上面的压力，而且你也太年轻了，根本无法体会为人父母的滋味，你这么办案，我们不会怪你。"这句话对当时已有四个月身孕的我无疑是最大的讽刺，面对自己的工作被人如此误解，我忍不住流下了眼泪。

这之后的十多年岁月里，诸如此类的事情还有很多。在一次次的纠缠、对抗、谈判，甚至侮辱谩骂中，我逐渐成长起来了。如今的我已能坦然面对各种情况，不会再轻易落泪。

我相信，绝大多数检察官都有过类似经历。

所以，当我第一次与徐昂导演见面，听他说，他的野心是通过这部电影与十三亿中国人做一场理智对话，为司法机关与老百姓找到一扇沟通的大门时，作为一名检察官，我被触动了，也完全被吸引了。

我虽然喜欢看电影，但是，对电影这门艺术可是一窍不通，我的工作、生活更是与电影创作相去甚远，能够参与一部电影的策划，对于我，绝对是一次可以称得上奇异的经历。而这一切皆是缘于我向"聚本传媒"推荐了辽宁省人民检察院办公室主任李玉娇的电视剧剧本。我当时的想法很简单，就是觉得玉娇主任的剧本主题好，真实展现了检察官的风采。这样好的东西应该拍出来，让更多的人了解检察官。但是，我没有想到我推荐的剧本会被搬上大银幕，更想不到我还会参与到电影的创作讨论中。

二〇一二年是很特殊的一年，在这一年里，我居然和电影有了一次最亲密的接触；而且，在这一年里，我选择背起书包，在工作十六年后，重新坐进教室继续学习法律。也正是在这次学习中，在《刑事诉讼法》的课堂上，老师向我们推荐了一系列与之有关的法律电影，这其中就有《十二怒汉》。就在我把这部经典的法律电影的几个版本都看完后不久，我接到了"聚本传媒"编剧韩景龙的电话，他在电话中问我能不能把玉娇主任的检察官故事与《十二怒汉》结合起来？我当即反对，说这根本不可能，中国没有陪审团制度。他接着说，刚刚联系到《喜剧的忧伤》的导演徐昂，徐导有一些很好的想法，但因为对我国法律制度与美国法律制度的区别不大了解，希望能向我咨询与检察官的工作有关的事情。于是，我们便有了这次会面。

那天晚上，以最坦诚的态度，检察官与制片人、导演、编剧之间进行了一场极为朴实却十分深刻的对话。虽然我们的学科专业、背景经历完全不同，但是，在交谈中，我们却提出了一连串相同的问题：为什么司法缺乏公信力？为什么在一些案件发生时，司法机关的工作得不到群众的认可？为什么经常会发生司法工作人员很认真、很积极地做事，他们付出了很多，却被案件的双方当事人误解？在中国的十三亿人口中，又有多少人能分清执法与司法的区别，能真正明白检察官是做什么的呢？

其实，近年来，我国的司法改革已经取得了长足的进步，法治理念不断深入人心，从国家到个人，对法律的实施都极为关注。普通群众越来越希望能够了解法律，希望政府及其工作人员能够依法办事，希望每一个人在法律面前都能得到公平对待。面对社会上的各种犯罪现象，善良的人们总是希望司法工作人员能够手持正义之剑惩恶扬善。然而，经常会出现司法机关对案件的处理，与普通群众的愿望发生偏差的情况，群众心中最朴素的正义观在一些案件中受到了强烈的撞击，由于对法律不甚了解、对案件信息片面掌握，感觉受到伤害的人们产生了困惑、不满、怀疑，甚至愤怒，他们找不到向司法机关表达不满的途径，于是，网络成为人们问责与发表不同看法的最便捷平台。慢慢地，这个虚拟世界里的愤怒侵染了我们的真实生活，极端事件频发，无论是司法人员还是普通老百姓，我们都深深感到不安。

这是为什么？

各种"不公正"的现象，应是这诸多愤怒的来源。而沟通乏力，恰恰是司法机关与普通群众无法达成共识的症结所在。

试图通过电影去探索一种方式，让司法机关能够与普通群众进行平等、顺畅的对话，这确实是一个十分大胆的想法。能用一种如此充满艺术美感的方式让群众了解我们的司法体制，让群众明白法治精神是怎样在日常工作中体现的，身为检察官的我当然是乐见其成的。

想要沟通、对话，就必须要找到一个切入点，一个能让大家都关注的点，"公正"便是驾起普通群众与司法机关之间联系的最佳桥梁，"公正"可以让所有人产生共鸣，通过讲述一个故事，展现出"公平和正义"的力量所在，是我们通过整晚畅谈所达成的共识，它成为了这部电影的主旨内涵。

这之后，为了搭建起检察官与陪审团之间的桥梁，几经辗转反复，剧本数度易稿后，电影的主创人员最终决定把故事主线设计为"富二代"故意杀人由检察院做出存疑不起诉的案件，还天马行空地想象出了一场模拟的陪审团审判。对于不起诉，多数人是陌生的，根据法律规定，检察院不仅有权决定提出公诉，也有权力决定不起诉。设计这样一个案件主要是为了展示检察院的起诉裁量权，并重点突出检察官在办理案件的过程中要恪守客观公正的义务。

一个所有人都认为是杀人犯的人，却被检察院放了，为什么？群众的不满与愤怒，检察官要如何解决？案件的真相究竟是什么？

能够把《十二怒汉》的故事放到中国的法律背景下，已经是一件很不容易的事情。因为我是一名检察官，所以我很贪心。我希望在一部电影里看到我想看到的全部内容。我不懂电影，却对电影故事有着一些极为个人化的设想：

开场一定要有一段庭审戏，能以最直接的方式展示我国庭审的过程，并全面介绍公诉人代表国家指控犯罪的功能，展示公诉人如何进行讯问、询问，如何出示证据，如何与辩护人进行法庭辩论，等等。最好能设计一个案件，使得庭审中可以涉及新《刑事诉讼法》修改的内容，比如非法证据的调查，侦查人员、鉴定人员的出庭。我觉得，模拟的陪审团审判中应该存在三对主要的矛盾冲突：第一对冲突是专业的检察官和普通群众之间对案件不同看法的冲突。第二对冲突则是真实案件情况与模拟法庭案件情况的冲突。主人公在意外进入这个以真实案件为背景的模拟法庭后，作为一名检察官，他的职业操守和职业道德经受了严重的考验。面对群众的不理解，他渴望与群众沟通，想让其他人了解案件的真实情况，想让他们支持检察机关的决定，但他又不能告诉他们案件的真实证据情况，不讲真实证据，仅以网络中拼接片面证据来说服十一个人是一个巨大的挑战。第三对冲突是虚拟法庭要尽量以一种极为不专业的夸张的形式与现实中检察官审查案件的严肃认真来对应。我最中意的结尾，是一场精彩绝伦的双人辩论，完成检察官在虚拟和现实两个不同场景中，却完全相同的对正义的追求。

我太想这部电影可以向人们展现出一名优秀检察官的所有风采。

因为，我知道，一名优秀检察官的成长注定是孤独和寂寞的，这种成长是一种漫长的付出和持久的等待，是一个人站在无人喝彩的舞台上，在庄严国徽的注视下，信守着内心的正义和良知，日复一日用一件一件的案件堆砌起自己工作的全部内容，是在一成不变的诉讼程序中运用法律去正确办理纷繁复杂的各类案件。

我是一名检察官，我不懂电影，我不会去考虑电影的投资金额、艺术创作、商业效果、市场运作，等等。我只是期待能看到一部真正的法律电影，在这部电影里能有一个我想看到的真实的、丰满的检察官形象。

说实话，当第一次看到《十二公民》最终确定的剧本后，我有些许的失望，它并不是我所希望看到的属于检察官的电影，我也更担心它拍摄出来的效果，因为美国版的《十二怒汉》实在太经典，与之比较，《十二公民》会不会太逊色？

我确实是不懂电影，当我最终看到样片时，我不由惊叹这光影世界的神奇，更加为十二位老师的表演所深深打动。

我知道，他们参与这部电影的动力不在检察官，他们的一腔热血是为了《十二公民》，而这却正应了《十二公民》与检察官之间得以在这部电影中连接的核心点，无论你是一名职业的检察官，还是一名法律外行人，我们心中都有一杆秤：要让有罪的人都得到应有的惩罚，要让无罪的人不被冤枉。虽然作为检察官的我与作为演员的十二位老师在面对这部电影时有着完全不同的出发点，但是最终感动我们的却是相同的东西——我们每个人心中都有的、最朴素的正义感。

作为检察官，我是一个职业的法律人，但是，对于电影和表演，我却是个外行人，我不会用专业的眼光去评判电影的好坏、演员演技的高低，我只能用一名检察官的眼睛去审视电影中的检察官。我看过何冰老师的许多戏，多年前他饰演过的《大宋提刑官》里的宋慈，在监督办案的职能上与检察官有着相似之处，在我心里何冰老师一直就是最适合的检察官人选：朴素、真诚、实干，没有出众的形象，也没有华丽的辞藻，就是一个承受着工作与生活中多重压力的普普通通的人，一个把所有青春都交付给自己最热爱的事业的普普通通的中年男人。何冰老师站在那里，看起来就是现实中一名与我一起工作的普普通通的检察官。

我期待，这个不一样的检察官的故事，真的可以扣动每位观众的心弦，真的可以完成一次最为成功的对话，传达出充满公平与正义的法治理念。